AF550147
zauberhafte
Dieses Buch gehört:

KJB

© privat

Nelly Möhle liebte es als Kind, durch den riesigen Garten ihrer Großeltern zu streifen und sich Geschichten auszudenken. Zwischen Rosenranken und Tannenbäumen ließ sie ihrer Phantasie freien Lauf, und irgendwann begann sie, ihre Geschichten aufzuschreiben. *Der Zaubergarten* ist Nelly Möhles erste Kinderbuchserie und landete mit dem ersten Band direkt auf der »Dein SPIEGEL«-Bestsellerliste. Die Autorin lebt mit ihrer Familie, einem Hund und einer hundertjährigen Schildkröte in Offenburg.

© Klaus Renner

Eva Schöffmann-Davidov ist eine der renommiertesten Kinder- und Jugendbuchillustratorinnen Deutschlands. Nach ihrem Studium an der Fachhochschule für Gestaltung in Augsburg machte sie sich in der Kinder- und Jugendliteratur schnell einen Namen und gewann im Lauf ihrer Karriere zahlreiche Preise für ihre Gestaltungen. Als Fachhochschuldozentin gab sie ihr Wissen und ihre Erfahrung auch an junge Künstler weiter. Heute illustriert sie Kinderbuchserien und Jugendbücher unter anderem von Bestsellerautorinnen wie Kerstin Gier oder Tanya Stewner. Die Illustratorin lebt mit ihrer Familie in Augsburg.

Weitere Informationen zum Kinder- und Jugendbuchprogramm der S. Fischer Verlage finden Sie unter *www.fischerverlage.de*

Nelly Möhle

Der Zaubergarten

Wunder blühen bunt

Mit Bildern von

Eva Schöffmann-Davidov

Alle Bände der Serie *Der Zaubergarten*:
Band 1: *Geheimnisse sind blau*
Band 2: *Abenteuer können fliegen*
Band 3: *Überraschungen haben Fell*
Band 4: *Freundschaft macht lustig*
Band 5: *Wunder blühen bunt*
Band 6: *Ferien bringen Glück* (erscheint im Sommer 2022)

Aus Verantwortung für die Umwelt hat sich der Fischer Kinder- und Jugendbuch Verlag zu einer nachhaltigen Buchproduktion verpflichtet. Der bewusste Umgang mit unseren Ressourcen, der Schutz unseres Klimas und der Natur gehören zu unseren obersten Unternehmenszielen.

Gemeinsam mit unseren Partnern und Lieferanten setzen wir uns für eine klimaneutrale Buchproduktion ein, die den Erwerb von Klimazertifikaten zur Kompensation des CO_2-Ausstoßes einschließt.

Weitere Informationen finden Sie unter:
www.klimaneutralerverlag.de

2. Auflage: Mai 2022

Erschienen bei FISCHER KJB

Hedderichstraße 114, D-60596 Frankfurt am Main
Dieses Werk wurde vermittelt durch die
Michael Meller Literary Agency GmbH, München
Umschlaggestaltung: Eva Schöffmann-Davidov
unter Mitarbeit von Dahlhaus & Blommel Media Design, Vreden
Umschlagillustration: Eva Schöffmann-Davidov
Satz: Dörlemann Satz, Lemförde
Druck und Bindung: CPI books GmbH, Leck
Printed in Germany
ISBN 978-3-7373-4258-2

Für Nathalie, Maxim, Sonja und Andrea

Inhalt

Hallo! Ich bin Tilda. Und ich habe dir vor kurzem meine unglaubliche Geschichte erzählt. *Eine* unglaubliche Geschichte? Ach was! Seit meine beste Freundin Anni und ich heimlich in den Zaubergarten geklettert sind, passiert uns ein Abenteuer nach dem anderen. Und das liegt an Herrn Bovist. Denn er züchtet Zauberblumen. Wenn man an einer dieser wunderschönen Blüten riecht, passieren einem die unglaublichsten Sachen. Und weil meine beste Freundin Anni und ich seit kurzem geprüfte Zauberblumenzüchterinnen sind, geht es erst richtig los mit den Abenteuern. Die Geschichte, die ich euch jetzt erzähle, ist uns wirklich genau so passiert. Echt und ungelogen!

Daumenkino

»Tilda-Schatz!«, rief Mama an diesem Sonntag aus der Küche. »Komm schnell her!«

»Was gibt's denn?«, fragte ich und streckte meinen Kopf durch die Küchentür.

Mama klopfte mit der Hand neben sich auf die Küchenbank. Hatte ich was ausgefressen? Ein paar Gedankenmurmeln flitzten durch meinen Kopf. Ohne Ergebnis.

»Ich habe gerade mit Renate telefoniert«, sagte Mama.

»Ist was mit Anni?«, fragte ich entsetzt.

»Aber nein!«, antwortete Mama. »Keine schlechten Nachrichten. Im Gegenteil: Es ist was richtig Tolles! Renate und ich würden gerne die Sommerferien nutzen und mit Anni und dir einen kleinen Freundinnenurlaub machen. Nur wir vier. Für ein paar Tage. Auf einer Hütte.«

»Eine Hütte?«, rief ich mit kieksender Stimme. »Mitten im Wald?«

Mama lachte und nippte an ihrem Kaffee. »Die Hütte gehört Renates Kollegen und liegt im schönen Wiesental. Das ist gar nicht weit von hier. Wald gibt es da auf alle Fälle. Wir müssten allerdings schon morgen los!«

Jetzt wuselten tausend Glückskäfer durch meinen Bauch. Mit Anni zusammen ein paar Tage zu verreisen war ja wohl supertoll. Ich drückte Mama viele, viele Küsse auf die Nase.

»Prima!«, sagte ich dann ganz außer Atem. »Aber packen kann ich erst heute Abend. Weil ich jetzt gleich mit Anni zum Schuppen muss.«

Der Schuppen ist unser Geheimversteck ganz hinten im Garten von Oma und Opa, direkt an der großen Steinmauer. Dort klettern wir auch still und heimlich in den Zaubergarten, um Herrn Bovist und seinen riesigen Hund Rupert zu besuchen.

Schon klingelte es. Das konnte nur meine beste Freundin sein. Wir hatten viel zu besprechen!

Auf dem Weg zum Garten meiner Großeltern planten Anni und ich schon einmal, was unbedingt mit in den Hüttenurlaub musste. Als wir wenig später mit Opas langer Holzleiter über die große Gartenmauer in den geheimen Zaubergarten kletterten, waren unsere Taschen in Gedanken schon gepackt. Und als wir uns durch den dichten Dschungel kämpften, trällerten wir: »Eine Hüttenfahrt, die ist lustig! Eine Hüttenfahrt, die ist schöööön!«

Dabei mussten wir aufpassen, dass keine Blätter oder Zweige in unseren singenden Mündern landeten. Weil es im Dschungel einfach so viele davon gibt. Im Slalom umrundeten wir Büsche und Bäume, Farne und Gräser. Auf der Gewächshauslichtung funkelte das alte Glashaus in der Sommersonne wie Mamas schicke Glitzerohrringe. Kurz legten wir eine Pause bei Kalli, dem Riesenhasen, ein. Aber unser Freund wollte lieber weiter die Kleeblätter mümmeln und beachtete uns nicht wirklich. Also hüpften wir weiter über die Maulwurfshügel und tauchten in das Tannenwäldchen ein, bis wir vor dem hübschesten Hexenhaus standen, das die Welt je gesehen hat.

»Herr Boviiist!«, rief ich gut gelaunt nach unserem alten Freund. »Ruuupert!«

Aber nur der große, graue Hund begrüßte uns Sekunden später schwanzwedelnd auf der kleinen Lichtung.

»Herr Bovist?«, brüllte Anni und legte dabei ihre Hände wie einen Trichter um den Mund. »Wo steckst du?«

»Hiiier!«, kam eine dünne Stimme aus dem Haus.

Wir fanden Herrn Bovist ausgestreckt auf dem roten Samtsofa liegend. Ein langes weißes Kabel führte von der Steckdose neben der Tür bis zu seinem Rücken. Und sein weißes Haar stand wild in alle Himmelsrichtungen ab. Wie elektrisiert.

»Geht es dir gut?«, fragte ich den alten Mann und legte meine Hand auf seine Stirn. So macht Mama das immer bei uns Kannegießerkindern. »Stehst du unter Strom?«

Herr Bovist stöhnte. »Ich habe Rücken!«, verkündete er.

»Jeder hat einen Rücken«, stellte Anni fest und kratzte sich am Bauch.

Da lachte Herr Bovist endlich mal. Aber nur kurz. Schon verzog er wieder das Gesicht. »Mein Rücken schmerzt. Ich habe mir einen Hexenschuss eingefangen!«

»Einen Hexenschuss?«, fragten Anni und ich wie aus einem Mund. Das hörte sich ja richtig fies an.

»Welche Hexe schießt denn auf dich?«, hakte ich nach. »Mit einer Pistole?«

»Nein, nein«, antwortete Herr Bovist. »Da war keine richtige Hexe am Werk. Bei einem Hexenschuss schießt ein übler Schmerz in den Rücken. So dass man sich kaum noch bewegen kann. Ich habe gestern Abend noch die Erde im Gewächshaus gelockert. Das war ein Fehler!«

»Da hat sozusagen die Hexe in deinen Rücken geschossen«, fasste Anni zusammen.

»So ist es, so ist es«, antwortete Herr Bovist. »Seitdem liege ich die meiste Zeit auf meinem Heizkissen. Das macht den Schmerz erträglich.«

»Ich kann dir mal den Rücken durchklopfen«, schlug Anni vor. »Das mache ich manchmal bei Mama. Wenn sie zu viel gearbeitet hat.«

»Um Himmels willen«, sagte Herr Bovist und riss seine braunen Augen weit auf. »Danke für das Angebot, doch ich verzichte lieber. Es wäre jedoch schön, wenn ihr mir etwas Kräuterlimonade bringen könntet.«

Das konnten wir natürlich. Zu dritt schlürften wir kurz darauf den grünen Trunk.

»Doof, dass du gerade jetzt den Schuss im Rücken hast«, stellte ich fest. »Anni und ich können dir die nächsten Tage überhaupt nicht helfen. Weil wir morgen mit unseren Mamas auf eine Hütte fahren. Ins schöne Wiesental.«

»Ins Wiesental?«, fragte Herr Bovist und richtete sich stöhnend auf. »Aber da wohnen doch die lieben Knöterichs!«

»Echt jetzt?«, rief ich, und mein Herz machte einen glücklichen Hopser. »Lilian wohnt im Wiesental?«

Lilian ist unser Freund. Seit er mit Anni und mir die Aufnahmeprüfung in den Kreis gemacht hat. Der Kreis ist ein Club für Zauberblumenzüchter, und nur wer die Prüfung auch bestanden hat, wird als Mitglied aufgenommen. So wie wir drei.

»Prima!«, rief Anni, und ihr breiter Mund grinste von einem Ohr zum anderen.

Herr Bovist saß jetzt aufrecht. Er schlüpfte mit seinen blumenbestrumpften Füßen in die karierten Hausschuhe. »Viola und Lilian sind erst vor kurzer Zeit zu Emilia auf den Wiesenhof gezogen«, erzählte unser Freund. »Wunderschön ist es dort. Das alte Bauernhaus ist so groß, dass alle Knöterichs darin Platz haben.«

»Wir brauchen die Telefonnummer«, sagte ich. »Damit wir uns mit Lilian verabreden können.«

»94 85 660«, sagte Herr Bovist.

Ich staunte. Aber dann fiel mir wieder ein, dass Herr Bovist Emilia liebt. Und Emilia liebt Herrn Bovist. Zum Glück, denn deshalb kann Herr Bovist die lange Telefonnummer auswendig. Jedenfalls flitzte ich in Windeseile zum Telefon und wählte die Nummer.

Nur wenig später waren Anni und ich für den nächsten Tag mit unserem Freund Lilian Knöterich auf dem Wiesenhof verabredet.

Oh, wie war das Leben schön!

»Können wir dir noch etwas Gutes tun, bevor wir in Urlaub fahren?«, fragte ich Herrn Bovist später am Nachmittag. »Wir müssen bald nach Hause. Zum Packen!«

»Das könntet ihr in der Tat«, antwortete Herr Bovist. »Ich hatte die Samen eurer letzten Unsichtbarkeitsblume geerntet und zum Trocknen auf den Tisch im Labor gestellt. Wie hieß die Blume gleich?«

»Prinzessin Milla«, antwortete ich. Ganz traurig wurde ich. Weil die schöne Blume nach einer Woche gestorben war. Wie fast alle Zauberblumen. Aber Herr Bovist sagt, das ist kein Sterben, sondern der Kreislauf des Lebens, und deswegen warten schon die Samen darauf, dass wir sie pflanzen und neue Zauberblumen daraus werden.

»Ja, genau!«, sagte Herr Bovist. »Jedenfalls liegen ihre Samen noch auf dem Tisch im Labor. Bitte kontrolliert, dass sie vorschriftsmäßig trocknen und keinen Schimmel ansetzen oder gar faulen. Eventuell müssen die Samen gewendet werden. Könnt ihr das bitte übernehmen? Dann muss ich mich nicht ins Arbeitshäuschen schleppen.«

»Wird erledigt«, antwortete ich.

»Noch etwas«, sagte Herr Bovist. »Würdet ihr diese Pfefferminzbonbons bitte Emilia geben? Sie sind für ihren Ziegenbock Peter. Ich wollte sie eigentlich selbst vorbeibringen. Aber mit meinem schmerzenden Rücken ist eine Autofahrt unmöglich!«

»Klar wie Klößchenbrühe«, sagte Anni und schnappte sich die Dose. Scheppernd fiel sie zu Boden. Viele, viele kugelrunde und schneeweiße Kügelchen kugelten über den Blumenteppich.

»Hilfe«, machte Anni und warf sich auf den Boden. »Kommt her, ihr kleinen Mistdinger!«

»Gute Güte«, machte Herr Bovist. Bücken konnte er sich ja nicht. Wegen der Hexe im Rücken. Aber ich krabbelte wie ein Suchhund über den Teppich. Und hatte schon fünf Kügelchen beisammen. Wie Pfefferminzpastillen sahen sie aus. *Pling, pling, pling*, machten sie, als sie zurück in die Blechdose purzelten.

»Und das letzte Bonbon ist für mich«, sagte Anni fröhlich und warf sich ein winziges Zuckerkügelchen in den Rachen.

»*Neieiein!*«, machte Herr Bovist entsetzt und kniff die Augen zusammen. Dabei stöhnte er sehr, sehr laut. Und ich glaube, daran war nicht der schmerzende Rücken schuld. »Kind, du weißt doch, dass du dir hier bei mir nicht einfach etwas Essbares in den Mund stecken darfst! Dies ist ein Zauberblumenhaushalt!«

Herr Bovist vergisst immer wieder, dass Anni furcht-

bar gerne futtert, und lässt irgendwelche Leckereien mit Zauberfüllung herumstehen. Deshalb musste Anni auch schon mit so einigen Zauberkräften klarkommen. Zum Beispiel mit erbsengrüner Haut. Oder mit Haaren, die rasend schnell gewachsen sind. Und riesige Knubbelohren hatte sie auch schon.

Jedenfalls riss Anni in dem Moment ihre blauen Augen sehr weit auf. »Uuups!«, machte sie. »Ist in den Kügelchen etwa Zauber drin? Bin ich schon grün? Oder wächst mir ein Horn?« Sie tastete ihr Gesicht ab.

Ich schüttelte den Kopf. Ich konnte nichts dergleichen entdecken.

Herr Bovist schnüffelte laut. Dabei zuckte seine lange Nase wie bei einer Maus.

Und da roch ich es auch: Ein würziger Duft waberte in meine Nasenlöcher.

»Wurstig!«, stellte ich fest. »Es riecht hier nach Papas Leberwurst!«

Das fand Rupert wohl auch. Seine lange, rosafarbene Zunge wischte über Annis nackten Unterarm.

»Iiih!«, kreischte sie. »Weg, du oller Wurstschädel!«

Ich musste Herrn Bovist fragen: »Wieso braucht Emilia Wurstduft?«

»Na, für Peter«, erklärte der alte Mann. »Wie jeder anständige Ziegenbock stinkt er fürchterlich nach Bock. Ziegendame Heidi liebt Peters Bockgestank. Aber weil Emilia dieses Jahr keine Ziegenbabys mehr möchte, soll Peter die Pastillen bekommen. Ohne Bockgestank will Heidi keine Babys von Peter.«

»Oha!«, machte ich. »Und wieso Wurstgeruch?«

»Eigentlich sollte es ein blumiger Duft werden«, erklärte Herr Bovist. »Aber etwas ist schiefgelaufen. Auf die Schnelle muss jetzt dieser wurstige Geruch reichen!«

Ich kicherte. »Rupert liebt den Duft jedenfalls!«

Gerade näherte sich Ruperts Zunge wieder Annis Haut.

»Ich muss jetzt ganz schnell nach Hause«, verkündete sie hastig. »Bevor Rupert mich auffrisst!« Sie hat nämlich fürchterliche Hundeangst.

Herr Bovist hob seine Hand und sagte: »Eins noch: Ihr beide seid geprüfte Zauberblumenzüchterinnen. Geht bitte verantwortungsvoll und vernünftig mit eurem Wissen um. Egal, wo ihr seid! Auch im Urlaub! Vergesst das nie. Ich verlasse mich auf euch!«

»Klar wie Klößchenbrühe«, sagte Anni.

»Selbstverständlich!«, bestätigte ich. Das sagt Herr Bovist auch immer, wenn eine Sache glasklar ist.

Wieder näherte sich Ruperts Riesenschädel meiner duftenden Freundin.

»Hilfe!«, rief Anni. Schon war sie durch die grüne Tür verschwunden. Und Rupert wetzte hinterher.

»Hiiilfe!«, hörte ich Anni wieder draußen auf der Wiese kreischen.

Herr Bovist lachte. »Vielleicht ist das eine Lehre für das Kind, so dass sie sich in meinem Haushalt nichts mehr in den Mund schiebt!«

Das glaubte ich ja eher nicht. Aber gut.

»Bis bald, Herr Bovist«, sagte ich zu meinem Freund. »Und werde deine Hexe schnell wieder los!«

Ein letztes Mal winkte ich ihm zu. Dann hüpfte ich hinter Anni und Rupert her.

Der große Hund saß vor der geschlossenen Tür des Arbeitshäuschens und guckte traurig.

»Lass ihn ja nicht rein!«, rief Annis Stimme von drinnen.

Also quetschte ich mich allein durch einen schmalen Türspalt ins Innere. Direkt in die Leberwurstgeruchswolke hinein.

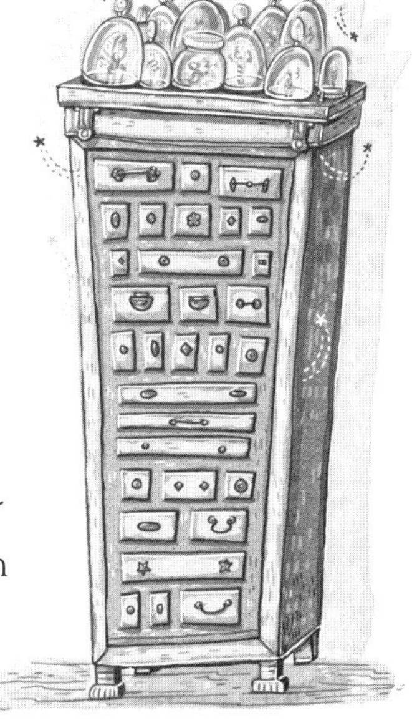

Im Labor steht ein alter Schrank mit vielen, vielen Schubladen. Die sind zum Verstauen der Zaubersamen da. Und ein kleiner Tisch hat auch noch Platz. Auf der zerfurchten Holz-

platte stand ein Glastellerchen, und darauf lagen sieben Samen.

»Tadaaa!«, machte Anni. »Kein Schimmel weit und breit.«

»Die sehen aber komisch aus«, stellte ich fest und schnippte mit dem Finger gegen den Teller. »Kein bisschen wie weiße Perlen.«

»Eher wie Vogeleier«, sagte Anni. Sie schnüffelte sogar an den gefleckten Samen. »Nur viel kleiner.«

»Stimmt!«, antwortete ich und legte einen Samen in meine Hand. »Ob daraus überhaupt eine Unsichtbarkeitsblume wächst?«

»Vielleicht sind das gar nicht Millas Samen«, sagte Anni. »Sondern die von einer anderen Zauberpflanze. Und Herr Bovist hat was durcheinandergebracht!«

»Das glaube ich ja eher nicht«, antwortete ich. »Herr Bovist ist in der Zauberblumenzucht ein alter Hase. Da verwechselt er doch keine Samen!«

»Dann sollten wir unbedingt testen, mit was wir es bei diesen kleinen Samen zu tun haben«, sagte Anni und lachte ihr tiefes Lachen. »Hohohooo!«

»Du hast so was von recht!«, antwortete ich. »Wir topfen einen Samen ein und nehmen ihn mit in den Hüttenurlaub. Dann wissen wir, ob es sich wirklich um Unsichtbarkeitsblumensamen handelt. Außerdem bleiben wir als Zauberblumenzüchter in Übung. Es ist ein Forschungsprojekt. Jawohl!«

Geschwind steckte ich einen der gesprenkelten Samen in meine Hosentasche. Plötzlich durchzuckte mich ein Gedanke: »Meinst du, wir sollten Herrn Bovist um Erlaubnis fragen?«

»Eher nicht«, antwortete Anni. »Dann ist es ja kein Forschungsprojekt. Weil der Profi uns schon alles verrät. Und was ist, wenn er es uns nicht erlaubt?«

»Hmmm«, machte ich. »Außerdem hat Herr Bovist genug mit seiner Hexe im Rücken zu tun. Wir berichten ihm nach unserer Rückkehr einfach von unseren Forschungsergebnissen.«

»Auf zum Gewächshaus«, rief Anni.

Schwupps, flitzte sie im Galopp in Richtung Tannenwäldchen, dicht gefolgt von Rupert. Also gab auch ich Gas und rannte hinterher.

Vor dem Glashaus erklärte Anni dem armen Rupert: »Du musst wieder draußen warten. Sonst bekomme ich noch Schreikrämpfe wegen deiner Schleckerei!«

Ich suchte als Erstes einen hübschen Blumentopf aus dem schiefen Regal heraus. Etwas Erde und Pferdeäpfel hinein, und schon versank der gesprenkelte Samen im stinkigen Dunkel.

»Noch Wasser dazu und fertig«, sagte Anni und holte die Gießkanne.

»Tschüs, Kalli!«, rief ich zum Abschied dem Riesenhasen zu.

Da war Anni schon in Richtung Mauer unterwegs. Wieder im Galopp, weil Rupert ihr dicht auf den Fersen war und immer wieder seine lange Zunge ausfuhr.

»Iiih!«, kreischte es aus dem Dschungel. »Weg, du oller Wurstschädel!«

Langsam folgte ich den beiden. Schließlich trug ich den Blumentopfschatz. Ihm durfte nichts passieren!

Zu Hause wartete eine tolle Überraschung auf mich: Dackel Floh!

»Floh fährt mit uns auf die Hütte«, rief Mama und versuchte, Flohs Gekläffe zu übertönen. »Tante Ilse wurde doch am Knie operiert. Da kann sie sich nicht so gut um Floh kümmern. Deshalb nehmen wir ihn mit. Eine Hütte im Wald ist unglaublich dackelfreundlich.«

Das fand ich auch. Und weil wir am nächsten Morgen früh zum Hüttenurlaub aufbrechen wollten, durfte Floh schon heute bei mir im Zimmer übernachten.

Der Dackel schnarchte auf seinem Kissen, als ich in mein Pflanzentagebuch schrieb:

Sonntag, 13. Juli

Ich habe eine neue Unsichtbarkeitsblume gepflanzt. Denke ich zumindest. Der Samen sieht etwas seltsam aus: Wie ein gesprenkeltes Vogelei. Nur viel kleiner.

Morgen fahren Mama, Renate, Anni, Floh und ich ins Wiesental. Da werde ich Lilian wiedersehen! Ich freue mich wie verrückt!

Und gerade, als ich das Tagebuch in meiner bereits gepackten Tasche verstaute, zuckte ein Gedankenblitz durch meinen Kopf.

»Das Notfallsäckchen!«, rief ich.

Floh blinzelte.

»Fast hätte ich das Wichtigste vergessen«, erklärte ich dem kleinen Hund. »Ein Zauberblumenzüchter fährt niemals nie ohne sein Notfallsäckchen in den Urlaub!«

Schnell zog ich das grüne Ledersäckchen aus dem Versteck im Puppenhaus. Dort war es sicher vor meiner neugierigen Familie. Vorsichtig öffnete ich es und betrachtete die Gutzis darin. Die Süßigkeiten hatten wir bei unserem letzten Abenteuer mit Zauberessenzen gefüllt. Für die Aufnahmeprüfung in den Kreis. Zwei Bonbons waren mit der Essenz des Flugzaubers gefüllt. In die Kaugummis hatten wir Schnelligkeitszauber geträufelt. Wenn man eins davon kaut, kann man so schnell flitzen wie ein Gepard. Echt und ungelogen. Und zwei Gummibärchen waren mit Lilians Yetizauber getränkt. Da wird man am ganzen Körper behaart. Und es wachsen einem Krallen. Und Knubbelohren, mit denen man prima hören kann. Und eine zuckende Supernase bekommt man auch. Lilians Yetiessenz ist nicht wirklich praktisch. Weil wir Kinder schlecht eine Woche als behaarte Wesen herumrennen können. Da würden mich meine Eltern sofort ins Krankenhaus bringen. *Eigentlich* wollte unser Freund ja auch einen Tierverstehzauber gezüchtet haben. Das hatte aber nicht geklappt.

Ich steckte das Notfallsäckchen zum Tagebuch in die Reisetasche.

»Gute Nacht, Floh!«, sagte ich zu Floh und knipste das Licht aus.

Und weil der Dackel seinen Namen hörte, rappelte er sich auf und hopste zu mir ins Bett.

»Wir werden im Urlaub richtig viel Spaß haben«, raunte ich ins Dackelohr.

Im Nullkommanix waren wir eingeschlafen.

Im Wiesental

An diesem Montagmorgen hüpften Floh und ich ruck, zuck aus dem Bett. Weil wir so einen aufregenden Tag vor uns hatten, ist ja klar!

Als Erstes schaute ich nach dem Blumentopf auf meinem Fensterbrett.

»Schau mal, hier ist schon ein kleiner Halm zu sehen!«, sagte ich fröhlich und hielt Floh den Topf vor die lange Schnauze. »Wir sind wirklich prima Zauberpflanzenzüchterinnen!«

Zwar war der Halm eher braun statt grün, aber das konnte ja noch werden. Jetzt brauchte ich ein sicheres Transportmittel für unsere Zauberblume. Also besuchte ich als Nächstes Leni in ihrem Zimmer. Sie ist meine Schwester und schon vierzehn Jahre alt. Sie lag noch im

Bett und schaute mich aus verschlafenen Augen mürrisch an.

»Ich schlafe noch«, sagte sie maulig.

»Stimmt nicht«, antwortete ich und marschierte schnurstracks zu ihrem Bücherregal. Dort stand eine runde und recht hohe Pappschachtel mit vielen bunten Blümchen drauf. Total hübsch. Mama hatte die Schachtel mal geschenkt bekommen. Mit einer riiiesigen Flasche Schaumgetränk drin. Oder so. Und Leni hatte sich die schöne Schachtel gleich mal unter den Nagel gerissen.

»Du, Leni«, fragte ich mit sehr, sehr lieber Stimme. »Leihst du mir deine Schachtel aus? Ich passe auch richtig gut drauf auf. Ehrenwort!«

Lenis Augen waren schon wieder zu.

»Hmmm«, machte sie.

Schwupps, rannte ich zurück in mein Zimmer.

Der Blumentopf passte wunderbar in die hübsche Schachtel. Und die Schachtel passte wunderbar in meinen neuen roten Wanderrucksack.

»Wir sind startklar!«, sagte ich zufrieden.

Wenig später stand die gesamte Familie Kannegießer um das winzig kleine Auto von Renate herum.

»Haha!«, machte Finn. »In die Konservendose passt ihr gar nicht alle rein.«

»Am besten läuft Floh nebenher«, sagte der grinsende Jonas.

Finn und Jonas sind meine zwei Jahre älteren Brüder. Und Zwillinge. Und manchmal sind sie auch ganz schön gemein.

»Halt dir besser die Ohren zu«, sagte ich zu Floh. Das ist mein Trick, um Gemeinheiten nicht hören zu müssen.

Renate tätschelte das hellgrüne Autodach. »Klar passen da alle rein! Mein kleiner Laubfrosch hat schon ganz andere Frachten transportiert.«

Papa stemmte sich gegen die Kofferraumklappe. Endlich, nach drei Versuchen, machte es *klack*, und das Gepäck war verstaut.

Fröhlich verabschiedeten wir uns von Papa, Finn und Jonas. Sogar Leni tauchte im Schlafanzug auf, um uns tschüs zu sagen.

»Viel Spaß!«, rief Papa immer wieder.

»Den werden wir auf alle Fälle haben«, verkündete Anni aus dem Auto heraus.

Als ich dann aber Floh auf den Rücksitz packte, purzelte ihr das Lachen direkt aus dem Gesicht. Der kleine Dackel hob schnüffelnd die feuchte Schnauze. Schon schnellte seine rosa Zunge hervor und leckte über ihren nackten Unterarm.

»Iiih!«, machte Anni und schloss die Augen.

Ich zog Floh dicht zu mir ran. So gut das mit den doofen Kindersitzen eben geht. Mama schob sich auf den Beifahrersitz. »Was riecht hier so?«, fragte sie und schnupperte.

»Tja«, machte Renate, die hinter dem Lenkrad klemmte. »So riecht Anni schon seit gestern Abend. Anscheinend ist sie auf einen Bovist getreten!«

Erstaunt guckte ich Anni an.

»Einen Bovist?«, fragte Mama und kratzte sich am Kopf. »Ist das nicht ein Pilz?«

»Genau«, antwortete Renate und startete den Motor. »Nicht einmal ausgiebiges Duschen hat den Gestank vertrieben!«

Wieder hob Mama schnüffelnd die Nase. »Irgendwie wurstig!«, stellte sie fest. Anni kicherte.

»Man nennt Boviste auch Wolfsfürze«, teilte ich den Mamas mein neues Wissen mit. »Vielleicht stinken sie deshalb!«

»Genau!«, sagte Anni.

In echt stinken die Wolfsfurzpilze natürlich kein biss-

chen wurstig. Sondern pilzig. Das weiß ich, weil Herr Bovist diese Boviste in seinem Garten züchtet. Denn er braucht sie, um neue Zaubereien herzustellen.

»Wie auch immer!«, sagte Renate seufzend. »Alle angeschnallt?«

Und weil dem so war, konnte es endlich losgehen. Das kleine Auto fuhr ruckelnd los. Wild winkten wir aus den geöffneten Fenstern.

»Gute Fahrt!«, hörte ich Papa noch rufen. Dann brausten wir schon um die erste Ecke.

Am längsten dauerte es, aus der Stadt herauszukommen. Ab dann ging alles ganz zackig. Es gab aber auch viel zu sehen! Immer grüner wurde die Landschaft und immer bergiger. Floh kläffte begeistert, wenn er eine Kuh sah. Und davon gab es ganz schön viele.

»Hach, wie wundervoll«, rief Mama immer wieder.

»Schaut mal, dieses entzückende Bauernhaus«, ergänzte Renate. »Und da, die riesige Buche am Wegesrand!«

Die Straßen wurden schmaler und schlängelten sich irgendwann wie Seile die Berghänge entlang.

»Jetzt ist es nicht mehr weit«, erklärte Mama, als wir

durch eine kleine Häuserschar tuckerten. »Hier beginnt das schöne Wiesental.«

Hinter dem Dorf führte eine schlanke Straße durch unglaublich grüne Wiesen, direkt auf den Wald zu. Und links und rechts ragten hohe Berge in den wolkenfreien und kornblumenblauen Sommerhimmel.

»Hach, wie schön!«, sagte Mama wieder.

Auf der rechten Seite kam zwischen hohen Hecken ein alter Bauernhof zum Vorschein. Auf dem langen Holzgatter an der Einfahrt saß ein braun gelocktes Kind und baumelte mit den Beinen. Es war eindeutig ein Junge. Und als wir langsam an ihm vorbeirollten, sprang er vom Tor.

»Lilian!«, flüsterte ich und starrte auf unseren Freund.

Der winkte und grinste von einem Ohr bis zum anderen.

»Und so freundlich sind die Landkinder«, sagte Mama und winkte wie verrückt zurück.

Mein Herz pochte laut. So sehr freute ich mich. Aber davon durften Mama und Renate nichts merken. Weil sie nichts von unserer Freundschaft wussten. Überhaupt wissen sie nichts über unser Zauberblumenzüchter-Dasein. Und es muss ein Geheimnis bleiben, ist ja klar! Also packte ich Annis Hand und drückte sie sehr, sehr fest.

Und dann war Lilian nicht mehr zu sehen, denn unsere

Reisegesellschaft tauchte in den Wald ein. Sofort wurde es schattig.

»Hier müssen wir gleich links abbiegen«, sagte Mama. »Da vorne!«

In Schlangenlinien führte der schmale Weg den Berg hinauf. Es rumpelte und wackelte, weil es überhaupt keinen Straßenbelag mehr gab. Nur Erde und Steine und Tannenzapfen. Floh winselte und zerrte aufgeregt an seinem Anschnallgurt.

»Er will aussteigen«, erklärte ich Anni, die sich an die Autotür presste. »Floh mag den Wald! Vor allem Hasen und Füchse.«

Und dann hörte urplötzlich der Wald auf, und vor uns tauchte die schönste Hütte auf, die man sich vorstellen kann. Ganz aus Holz gebaut. Sie thronte auf einer blumigen und sehr sonnigen Bergwiese.

»Was für ein Ausblick!«, rief Mama und sprang aus dem Auto.

Wir anderen kletterten hinterher. Von hier oben konnte man über das ganze Wiesental gucken. Bis zum Dorf am Talanfang. Wahnsinn! Echt!

Ich wäre natürlich am liebsten sofort zu Lilian aufgebrochen. Aber das ging nicht, weil die Mamas erst das Auto entladen wollten. Also schleppten wir unser Gepäck in die Hütte.

Das Häuschen bestand aus einem recht großen Wohn- und Esszimmer mit einer winzig kleinen Küchenzeile an der einen Wand. Überall lagen gemütliche Flickenteppiche. Außerdem gab es ein Schlafzimmer mit zwei Einzelbetten. Zwischen den schmalen Betten führte eine steile Leiter auf eine Art Balkon. Mama sagte, es sei eine Empore. Jedenfalls lag auf dieser Empore eine riesige Matratze. Sonst nichts.

»Hier schlafen wir«, beschlossen Anni und ich sofort.

Und das war den Mamas nur recht. Also rollten wir unsere Schlafsäcke aus und packten unsere mitgebrachten

Kopfkissen und Schlafkuscheltiere dazu. Richtig gemütlich sah unser Matratzenlager jetzt aus. Das lag auch am Blumentopf, den ich in das runde Fenster am Kopfende gestellt hatte. Leider sah das Pflänzchen noch nicht wirklich prächtig aus. Zwar war der Stiel schon wieder gewachsen, aber er war nach wie vor eher braun statt grün.

»Hier hat die Pflanze es schön hell und warm«, sagte Anni. »Und die Mamas klettern bestimmt nicht dauernd hier hoch. Unsere Zauberblume ist sicher.«

Leider wollten unsere Mütter dann noch zusammen kochen und mittagessen. Ich schielte immer wieder auf meine Uhr.

»Wir müssen langsam los«, raunte ich Anni beim anschließenden Geschirrabtrocknen ins Ohr.

»Wir haben es gleich geschafft!«, flüsterte Anni zurück.

Endlich, endlich waren wir fertig. Mama und Renate zerrten zwei Liegestühle aus dem kleinen Holzschuppen und bauten sie vor der Hütte auf.

»Hier haben wir eine herrliche Sicht«, sagte Renate zufrieden und streckte sich in ihrem Stuhl aus.

»Wir drehen eine Runde mit Floh«, verkündete ich. »Er will in den Wald.«

Mama streckte mir ihr Handy entgegen: »Pack das Telefon in deinen Rucksack. Damit wir euch erreichen können. Und ihr ruft uns auf Renates Handy an, wenn ihr unsere Hilfe braucht.«

»Ihr bleibt sowieso immer in der Nähe«, rief Renate aus ihrem Stuhl zu uns herüber. »Wenn wir euch anrufen, seid ihr bitte innerhalb kürzester Zeit bei uns an der Hütte.«

Na toll! Anni und ich guckten uns an. Wie sollten wir da, bitte schön, ins Tal runterlaufen, um Lilian zu besuchen? Wenn wir bei einem Anruf ruck, zuck wieder an der Hütte sein mussten?

»Klar wie Klößchenbrühe!«, sagte Anni und zuckte mit den Achseln.

Ich verstaute also Mamas Handy in meinen Wanderrucksack.

Anni packte eine Packung Kekse dazu. »Proviant braucht man immer«, stellte sie fest.

Und dann machten Anni, Floh und ich uns endlich auf den Weg. Zu Lilian.

Der Dackel trabte mit gesenkter Nase voraus. Hübsch sah er aus mit seinem roten Lederhalsband und der dazu passenden Leine.

»Zieh nicht so!«, rief ich dem Hund zu. Immer schneller wurde er. Nicht einmal Annis Wurstgeruch interessierte ihn noch.

»Wo müssen wir jetzt lang?«, fragte Anni.

»Da vorne am Weg soll ein steiler Pfad abzweigen«, antwortete ich. »Der führt kerzengerade und direkt ins Tal und zum Wiesenhof. Es ist sozusagen eine Abkürzung.«

Das hatte mir Emilia am Telefon erklärt.

Den Pfad entdeckten wir tatsächlich sofort.

Anni guckte in die Tiefe. »Das ist mal wirklich steil«, stellte sie fest und kratzte sich am Bauch. Und das stimmte: Wie eine Rutsche führte der schmale Pfad durch die engstehenden Bäume. Floh schien das überhaupt nichts auszumachen. Mit Karacho machte er sich auf den Weg. Und zog mich gleich mal mit.

»Langsam!«, brüllte ich.

Aber Floh hörte kein bisschen. Als schwarzer Blitz zischte er abwärts. Und ich in kleinen Trippelschritten hinterher. Schlitternd und stolpernd.

»Stopp!«, brüllte ich, aber da knallte ich schon auf den Po. Endlich blieb Floh stehen.

»Spinnt die Kläffwurst?«, fragte Anni hinter mir.

Der Dackel guckte mich unschuldig mit seinen braunen Murmelaugen an.

»So überleben wir die Wildnis nicht«, erklärte ich dem Hund. »Bei deinem Höllentempo brechen wir uns den Hals. Oder so.«

Floh schielte ins Tal. Ich seufzte und rappelte mich wieder auf. Und was soll ich sagen: Sobald ich stand, sprintete Floh wieder los!

»Aaah!«, konnte ich nur noch machen.

Anni packte meinen Arm. So ging es. Jetzt zerrte vorne Floh mit gesenkter Nase an der roten Leine. Ich stemmte mich ein paar Meter dahinter mit vollem Gewicht dagegen, und Anni hing an meinem anderen Arm und bildete das Schlusslicht. Der Pfad war so schmal, dass wir sowieso nur in einer Reihe unterwegs sein konnten. Und er war so steil, dass mir schon nach kürzester Zeit die Beine weh taten. Wegen dem vielen Bremsen. Und natürlich wegen dem wilden Floh. Als endlich der Bach in Sicht kam, war ich fix und fertig. Flohs Zunge hing fast bis auf den Boden.

»Du irres Vieh, du«, schimpfte Anni und wischte sich über die Stirn.

»Ich glaube, Floh freut sich einfach mächtig über den Wald!«, sagte ich.

Etwas langsamer überquerten wir auf der morschen Holzbrücke den kleinen Bach. Die Bäume lichteten sich. Sonnenstrahlen schafften es wieder bis auf die Erde hinab. Und dann standen wir auf einer wunderhübschen Blumenwiese. Unzählige Margeriten blühten in Weiß und Gelb. Dazwischen leuchteten lilafarbene Blüten vom wilden Klee. Und das hohe Gras kitzelte an unseren nackten

Beinen, als wir die Wiese überquerten. Floh verschwand komplett zwischen den langen Halmen.

»Praktisch«, meinte Anni. »Da kann er nicht so Tempo machen.«

Fast schon gemütlich erreichten wir so das Ende der Wiese und standen an der Straße, auf der wir zuvor mit dem Auto entlanggebraust waren.

»Der Wiesenhof«, sagte ich und starrte auf das alte Gebäude auf der anderen Seite.

»Schön!«, hörte ich Anni neben mir sagen, bevor Floh mich über die verlassene Straße zerrte. Direkt auf das lange Holzgatter zu.

Als wir wenige Sekunden später auf dem Hof standen, kribbelten tausend Ameisen durch meinen verschwitzten Wanderkörper. Vor lauter Vorfreude. Weil ich endlich Lilian treffen würde.

»Keine Menschenseele weit und breit«, bemerkte Anni und drehte sich suchend im Kreis. Das stimmte. Kein Knöterich war zu sehen. Und ein Auto stand auch nicht herum.

»Lilian hat uns vorhin vom Tor aus zugewunken«, sagte ich. »Er weiß, dass wir kommen. Wir sind verabredet.«

Anni marschierte schon auf das alte Fachwerkhaus mit den roten Fensterläden zu. Vor jedem Fenster hing ein langer Blumenkasten mit bunten Blumen darin. Ein richtiges Sommerhaus. Sie öffnete die Holztür.

»Hallo?«, rief sie in den dunklen Flur. »Jemand zu Hause?«

Ich stand nun hinter ihr und versuchte, einen Blick ins Hausinnere zu erhaschen. Das war nicht einfach, weil

Anni größer ist als ich. Und weil Floh an seiner Leine in die komplett andere Richtung zog. Weg vom Haus.

»Liliaaan!«, brüllte Anni jetzt.

Keine Antwort.

»Komisch!«, sagte ich und rief dann über den Hof: »Liliaaan!«

Nichts. Suchend guckte ich mich um. Neben dem Wohnhaus stand eine riesige Holzscheune. Und von dort hörte ich genau in dem Moment eine dumpfe Stimme rufen: »Hilfe!«

Es war eindeutig Lilians Stimme. Die würde ich auch unter tausend anderen Stimmen erkennen. Echt und ungelogen!

Schon sprintete ich mit Floh los. Am eingezäunten, buntblumigen Bauerngarten vorbei und direkt auf das große Scheunentor zu.

»Lilian!«, rief ich wieder.

»Hier!«, hörte ich Lilians Stimme. »Ich bin hier drin! Eingesperrt!«

Ich brauchte all meine Kraft, um den schweren Riegel aufzuschieben. Langsam öffnete sich das riesige Tor. Im Türspalt erschien Lilian.

»Endlich!«, sagte er, und ein schiefes Grinsen huschte über sein Gesicht.

Mein Herz machte einen Glückshüpfer. Weil ich Lilians dunkle Locken und die rotbraunen Sommersprossen endlich wieder angucken konnte.

Anni breitete ihre Arme aus und sagte mit tiefer Stimme: »Tilda, Anni, Lilian – auf jeden von uns kommt es an!«

Es klang ein bisschen wie bei unserer Zauberprüfung. Irgendwie feierlich.

Und da umarmten wir uns alle ganz fest und lachten und lachten.

»Warum riechst du so komisch?«, fragte Lilian irgendwann und steckte seine Nase in Annis lange Haarsträhnen.

»Warum bist du in der Scheune eingesperrt?«, fragte Anni und linste in den riesigen Raum. Sehr hell war es

da drin. Weil fast das gesamte Scheunendach aus Glasscheiben bestand. Und viele Hochbeete aus Holz füllten in langen Reihen die ganze Scheune aus. »Hast du was ausgefressen?«

»Das war Michel, der Doofkopf«, antwortete Lilian und guckte finster.

»Aha«, machte Anni.

Lilian erklärte: »Michel und seine Kumpel haben mich gefragt, ob ich mit ihnen trainieren möchte. Fußball.«

»Dann ist dieser Michel ja nett und kein Doofkopf«, stellte ich fest.

»Von wegen!«, rief Lilian mit bösem Blick. »Ich wollte nämlich nicht. Weil ich mit Oma an einer neuen Blumenzüchtung forsche. Da habe ich keine Zeit. Außerdem mag ich Fußball sowieso nicht besonders. Seitdem ärgert mich dieser Fußballtrupp. Sie nennen mich *Blumenmädchen.*«

Lilians Gesicht leuchtete jetzt mit den Tomaten im Hochbeet um die Wette.

»Doof!«, sagte ich. »Als ob nur Mädchen Blumen mögen. Und alle Jungen Fußball lieben.«

Anni nickte heftig. »Ich mag Fußball!«

»Egal jetzt!«, sagte Lilian urplötzlich. »Ich zeige euch unseren Bauernhof. Und wir besuchen Susi und Rudi auf ihrer Koppel.«

»O ja!«, rief ich begeistert. Susi ist Lilians Minischwein. »Ist Rudi Susis neuer Partner?«

Lilian nickte. »Kommt mit!«, sagte er.

Aber dann flitzte er *nicht* los, sondern erstarrte zur Säule.

»Mist!«, brüllte er schließlich. Er stierte dabei auf einen kleinen Tisch vor der Scheune. »Mistiger Mist. Mistiger, mistiger Mist!«

Floh kläffte erschrocken.

Anni und ich glotzten Lilian an. Vielleicht hatte er in seinem Scheunengefängnis zu wenig getrunken? Da wird man schnell mal wunderlich, sagt Oma immer.

Jetzt raufte Lilian sich die Locken. »Mamas Lachblume«, sagte er. »Sie ist verschwunden.« Er zeigte auf die leere Tischplatte.

»Eine Lachblume?«, fragte Anni. »Was soll das sein?«

»Eine Zauberblume. Von Mama!«, antwortete Lilian. Er guckte jetzt richtig, richtig zornig. »Ihr Zauber macht fröhlich. Man muss die ganze Zeit lachen.«

»Toll!«, sagte Anni.

»Für was braucht ihr die?«, fragte ich.

»Mama hat für Freitag das ganze Dorf zu einem Willkommensfest eingeladen«, erzählte Lilian. »Für mich. Weil wir ja erst hierher ins Wiesental gezogen sind. Sie will, dass

ich einen guten Start im neuen Ort habe. Und viele Kinder kennenlerne.«

»Prima!«, sagte ich. »Und warum die Lachblume?«

»Die Dorfbewohner finden die Knöterichs wunderlich«, berichtete Lilian weiter. »Mama will das ändern. Und weil die Leute hier etwas mürrisch sind und für Neues nichts übrighaben, hat sie eben die Lachblume eingetopft. Erst heute Morgen. Ihre Blütenblätter werden ins Willkommensgetränk gegeben und – Palimpalim – herrscht eine Bombenstimmung.«

Anni kratzte sich am Bauch. »Deine Mama hat die Blume vielleicht ins Haus gestellt.«

Lilian schüttelte den Kopf. »Mama und Oma sind zum Einkaufen gefahren. Ich habe die Zauberblume erst vorhin mit einer Mischung aus Schweinemist und Wasser gegossen.«

»Und warum soll Michel der Täter sein?«, fragte ich nach.

»Der stand plötzlich am Scheunentor«, antwortete Lilian mit grimmigem Blick. »Ich habe dem Doofkopf gesagt, dass er abhauen soll. Und da hat er – *rums* – die Tür zugeschlagen. Und den Riegel vorgeschoben.«

Ich überlegte laut. »Und du meinst, er hat den Blumentopf mitgenommen?«

Lilian zuckte mit den Schultern und rief: »Wer denn sonst? Das *war* der Doofkopf. Echt! Der kann was erleben!«

In dem Moment hielt Emilias kleines, rotes Auto am Gatter. Viola sprang heraus und schob es langsam auf.

»O nein«, sagte Lilian und stöhnte. »Sie sind schon vom Einkaufen zurück. Wenn Mama merkt, dass der Blumentopf weg ist, dreht sie durch. Weil durch Michels Diebstahl das Zauberblumengeheimnis in Gefahr ist! Und wenn das Willkommensfest ohne Lachblumenzauber nicht gut läuft, muss ich in den Turnverein oder in den Kinderchor. Damit ich hier Kinder kennenlerne und Freunde finde. Und dann habe ich nicht genug Zeit für die Zauberpflanzenforschung!«

Richtig verzweifelt guckte unser Freund. Er liebt Zauberpflanzenforschung über alles. Ein Plan musste her, und zwar flott!

Endlich machte es bei mir *klick*. »Das Wichtigste ist, dass Viola nichts von dem Diebstahl merkt«, sagte ich schnell. »Lilian, du stellst einen neuen Topf mit Erde auf den Tisch. Als Attrappe. Anni und ich lenken die Erwachsenen so lange ab. Und dann sehen wir weiter. Wir machen einen Schritt nach dem anderen.«

Das sagt Oma immer, wenn sie von Problemen überrollt wird.

»Genial!«, sagte Lilian. Schon flitzte er durch die Scheune.

Das Auto rollte über den knirschenden Kies und hielt vor dem Wohnhaus.

»Matilda, Annemarie!«, rief Emilia bei unserem Anblick und sprang gelenkig aus ihrem feuerwehrroten und klitzekleinen Auto. »Wie schön, dass ihr uns auf dem Wiesenhof besuchen kommt!«

Dann drückte uns die alte Frau im grünen Overall fest an sich.

»Herzlich willkommen!«, begrüßte uns auch Viola mit ihrer glockenhellen Stimme.

Emilia schnupperte an Anni. Schnell kramte ich die kleine, grüne Dose aus meiner Hosentasche. »Liebe Grüße von Herrn Bovist«, sagte ich. »Hoffentlich mag deine Heidi-Ziege keinen Wurstgeruch!«

Emilia guckte plötzlich streng. »Kind«, sagte sie zu Anni. »Du hast ein Gutzi genascht! Deine Neugier wird dir eines Tages noch ernsthafte Probleme bereiten!«

»Ich bin gar nicht neugierig, ich will nur alles wissen!«, erklärte Anni.

»Ha!«, machte Emilia.

Viola fragte: »Wo ist denn Lilian? Hat er euch noch nicht begrüßt?«

»Äh!«, machte ich. Plötzlich flatterte mein Herz wie ein kleiner Vogel.

»Hier bin ich!«, antwortete Lilian hinter mir. Er wischte sich die erdbraunen Hände an der Hose ab. »Wir wollten gerade mit einer Führung über den Wiesenhof starten!«

Als wir außer Sichtweite waren, raunte Lilian uns zu: »Wir müssen zum Forsthaus. Jetzt sofort.«

»Hä?«, machte Anni.

»Michels Papa ist hier im Wiesental der Förster«, erklärte Lilian. »Deshalb wohnt die Familie im Forsthaus. Und da müssen wir jetzt schnurstracks hin und die Lachblume zurückholen!«

»Klar wie Klößchenbrühe«, sagte Anni und guckte finster. »Wir lassen uns doch keine Zauberblume klauen! Wo kommen wir da hin!«

In dem Moment klingelte mein Rucksack. Eilig kramte ich Mamas Handy hervor. Schließlich sollten wir immer erreichbar sein. So allein im Wald.

»Hallo?«, sagte ich in den Hörer.

»Tilda-Schatz«, hörte ich Mamas Stimme. »Wo steckt ihr?«

»Im Wald«, antwortete ich. »Floh gefällt es hier so gut.«

»Schön!«, sagte Mama. »Aber jetzt kommt ihr zurück.«

»Jetzt sofort?«, fragte ich in den Hörer und starrte entsetzt meine Freunde an. »Wir sind doch noch nicht lange unterwegs!«

»Sofort!«, sagte Mama. »Wir machen ein Lagerfeuer und müssen dafür noch Holz sammeln. Wir grillen Würstchen und Marshmallows zum Abendessen. Toll, was?«

»Toll!«, sagte ich nur.

Tuuut, tuuut, tuuut, machte das Handy in meiner Hand. Mama hatte aufgelegt.

Ich sagte zu Anni: »Wir müssen *sofort* bei Mama und Renate sein!«

»Potz Blitz!«, sagte Anni.

Lilian verkündete: »Dann hole ich die Lachblume allein zurück!«

Ich schüttelte den Kopf. »Würde ich nicht machen. Morgen blüht unsere Unsichtbarkeitsblume. Die steht oben in der Hütte. Mit ihrer Hilfe können wir die Lachblume viel schneller finden. So unsichtbar.«

Das mit der Unsichtbarkeit hoffte ich jedenfalls!

Lilian fragte: »Und wenn Mama merkt, dass der Blumentopf in der Scheune leer ist?«

»Du steckst einfach einen neuen Lachblumensamen in den Blumentopf auf dem Tisch«, schlug ich vor. »Dann kann bei dem Willkommensfest am Freitag nichts schiefgehen. Natürlich holen wir morgen trotzdem die erste Lachblume zurück. Bevor sie blüht. Damit das Zauberblumengeheimnis nicht in Gefahr ist!«

Anni breitete ihre Arme aus. »Tilda, Anni, Lilian – auf jeden von uns kommt es an!«

Und damit war alles gesagt. Fast.

Ich guckte auf meine Armbanduhr. »*Sofort* ist eigentlich schon vorbei!«, stellte ich fest. »Wenn wir ewig für den Heimweg brauchen, wird Mama sauer. Und dann dürfen wir am Ende nicht mehr allein in den Wald!«

Anni zog ein rotes Ledersäckchen aus der Hosentasche. »Da ist es doch wohl prima, dass wir eine Essenz haben, die uns schnell wie einen Gepard macht. Findest du nicht?«, fragte sie und grinste.

Meine Freundin Anni hat einfach immer die besten Ideen!

Ich kramte mein Notfallsäckchen aus der Hosentasche. Die Essenz mit dem Schnelligkeitszauber hatten wir vor unserer Aufnahmeprüfung in ein Melonenkaugummi gesteckt. Ich liiiebe Melonenkaugummi. Ich kaute und kaute. Schon nach wenigen Sekunden kribbelten meine

Beine. Und die Füße. Als ob tausend Ameisen darin herumkrabbelten. Anni flitzte bereits als Gepard über den Hof.

»Der Zauber funktioniert«, kreischte sie dabei.

»Pscht!«, machte Lilian und zeigte aufs Haus. »Mama und Oma brauchen nichts zu merken!«

»Ups!«, machte Anni und schlich zu uns zurück.

Leise verabschiedeten wir uns von unserem Freund. »Bis morgen! Wir kommen so früh wie möglich!«

Zackig, aber ohne zu rasen, huschten wir durch das Gatter. Floh flitzte, erstaunt über so viel Tempo, nebenher. Eilig überquerten wir die Straße und rannten in normalem Kindertempo über die Wiese. Erst als wir in den dichten Wald eintauchten, gaben wir Gas. Schon waren wir über die kleine Brücke gehuscht. Jetzt kam der schmale Pfad. In einem Affentempo rasten wir aufwärts. Obwohl er so steil war! Doof war nur, dass Floh bei dem Tempo nicht wirklich mitkam. Mit seinen kurzen Dackelbeinen.

»Ganz schön anstrengend, wenn man so mitgezogen wird, oder?«, fragte ich den kleinen Hund auf halber Strecke. Da hing seine Zunge schon fast am Boden. Aber weil ich Mitleid mit dem hechelnden Floh hatte, wuchtete ich ihn auf meinen Arm. Wir hatten es ja nicht mehr weit.

»Wieso hat das so lange gedauert?«, empfing uns Renate mit strengem Blick. »Ihr solltet doch in der Nähe bleiben!«

»Erkläre das mal einem störrischen Dackel«, antwortete Anni und zeigte auf Floh. *Schwupps*, war sie in der Hütte verschwunden. Floh wetzte hinter ihr her.

»Tsss«, machte Renate nur.

~

Es wurde ein lustiger und gemütlicher erster Abend auf der Berghütte. Wir suchten unglaublich viele trockene Äste zusammen. Dabei wich Floh nicht von Annis Seite.

»Er liebt einfach deinen *Wolfsfurzduft*«, stellte ich fest. Und da mussten wir so sehr lachen, dass unsere Bäuche weh taten. Und Anni wedelte mit den Händen vor Flohs Schnauze herum. Um ihn auf Abstand zu halten. Aber das klappte kein bisschen.

Später schichtete Renate das gesammelte Holz elegant zu einer Art Turm auf. Und dann flackerte ein wunderhübsches Feuer zwischen den kreisrund angeordneten Steinen der Feuerstelle. Wir spießten die Würste auf und brieten sie über dem Lagerfeuer. Ich kam mir vor wie eine Abenteurerin. Zum Schluss kamen die Marshmallows dran. Da war es draußen schon dämmrig.

»Ich liiiebe gegrillte Schaumgummis!«, verkündete Anni bei jedem einzelnen Marshmallow, den sie verschlang. Und das waren unglaublich viele.

Als wir später im Dunkeln in die Hütte tapsten, funkelten eine Million Sterne über dem Wiesental. Und wir rochen alle nach Rauch. Außer Anni. Die roch nach Wurst.

Deshalb wollte Floh dann auch unbedingt bei Anni und mir auf der Empore schlafen. Richtig Theater machte er unten an der Leiter.

»Das hält ja kein Mensch aus«, sagte Renate irgendwann. Schließlich schleppte sie den kleinen Hund und das Hundebett eigenhändig über die Leiter nach oben.

»Und jetzt wird geschlafen!«, sagte Mama.

»Ich bin sowieso hundemüde«, meinte Anni. Sie gähnte und guckte dabei Floh grimmig an. »Wehe, du kommst mir heute Nacht zu nahe!«

Anni und Floh schlummerten augenblicklich ein. Ich angelte nach meiner Reisetasche neben der Matratze. Und kramte mein Tagebuch hervor. Im Schein von Papas Stirnlampe schrieb ich:

Montag, 14. Juli

Unsichtbarkeitsblume:

- Stiel: seltsam braunbeige, etwas krumm, ungefähr zehn Zentimeter (ich habe leider kein Lineal dabei).
- Blüte: eine kugelrunde Knospe. Auch sie ist braunbeige. Ich hoffe, unsere Zauberblume hat morgen eine anständig große Blüte! Und vor allem hoffe ich, dass sie auch wirklich unsichtbar macht! Denn den Zauber brauchen wir unbedingt!

Weil ein diebischer Junge (Michel) Violas Lachblume geklaut hat. Aber wir holen sie zurück. Schließlich muss das Zauberblumengeheimnis gehütet werden.

Ich leuchtete den Blumentopf im runden Fenster über mir ab.

»Prächtig siehst du mir nicht gerade aus«, flüsterte ich dem Pflänzchen zu. Der knorrige Stiel sah eher aus wie ein brauner Ast. »Wer oder was bist du nur?«

Natürlich gab das Pflänzchen keine Antwort.

Dafür meldete sich Floh: Er hüpfte auf unsere Matratze, gähnte, streckte sich ausgiebig und kuschelte sich dann sehr, sehr eng an Annis Bauch. Die grunzte nur kurz im Traum. Unter der niedrigen Emporendecke hing ihr Wurstduft fest. Der machte sehr, sehr schläfrig. Wahrscheinlich schliefen deshalb in dieser Nacht alle Urlauber tief und fest. Und träumten vom grünen Wald.

Am nächsten Morgen wurde ich durch Flohs Schnarchen geweckt. Als ich die Augen aufschlug, guckte mich aus der Fensterluke über meinem Kopf eine Blüte an. Schnell rappelte ich mich auf. Und staunte nicht schlecht: Eine hutzelige und windschiefe Zauberblume stand in ihrem Blumentopf. Der Stiel war krumm und knorrig wie ein sturmgeplagter Ast. Zwei dünne, lange Blätter streckten sich wie Arme links und rechts ab. Aber das Seltsamste war die Blüte selbst: Auf der kreisrunden und gelbbraunen Mitte guckten mir gerade mal zwei grüne Antennen entgegen. Wie Stielaugen. Ja, sie glotzten mich regelrecht an! Und lange, dünne Blütenblättchen in verwaschenem Blau standen als Haarkranz rundherum um das Blumengesicht.

»Wie siehst du denn aus?«, flüsterte ich dem Pflänzchen zu.

»Mit wem sprichst du?«, fragte Annis verschlafene Stimme neben mir. Und dann kreischte sie: »Runter von meinem Bauch!« Floh rappelte sich gähnend auf.

Mamas Stimme rief von unten. »Es ist noch total früh!«

Und Renate sagte stöhnend: »Wir sind im Urlaub, Kinder!«

Ich raunte Anni zu: »Schau dir mal die hutzelige Unsichtbarkeitsblume an. Uralt sieht sie aus. Schon am ersten Tag ihrer Blüte. Ich fürchte, wir sind doch noch keine so wunderbaren Blumenzüchterinnen! Aber wenigstens scheint sie eine *Unsichtbarkeitsblume* zu sein. Blaue Blütenblätter und grüne Antennen hatte bis jetzt jede von ihnen. Wenn auch in schöner!«

Vor allem Ludmilla, unsere erste Unsichtbarkeitsblume, hatte einfach nur wunderhübsch und prächtig ausgesehen mit ihrer riesigen blauen Blüte und dem leicht behaarten Stiel.

»Pah!«, machte Anni und zupfte an einem langen Armblatt. »Wir haben alles so gemacht, wie es uns Herr Bovist gezeigt hat.«

Das schiefe Gewächs starrte mich mit seinen beiden Antennenaugen wortlos an. Irgendwie unheimlich.

»Sie sieht aus wie eine bucklige Hexe«, stellte Anni fest.

»Wir nennen sie Luda«, schlug ich vor. »Hexe Luda! Jawohl!«

»Hexen haben auf Bildern auch oft einen Buckel«, stimmte Anni zu. »Und einen wirren Haarschopf. Und einen unheimlichen Blick. Hexe Luda ist ein prima Name!«

»Hoffentlich hast du genug Zauberkraft«, sagte ich zur Pflanze. »Wir brauchen dich heute. Wir haben eine wichtige Mission!«

Nachdem das geklärt war, linste ich über den Emporenrand. Da unten lagen die Mamas unter ihren rot karierten Decken. Beide hatten ihre Augen schon wieder geschlossen.

»Der Wald ruft«, rief ich ihnen zu.

Schon schnappte ich mir Floh und balancierte vorsichtig die steile Leiter nach unten. Das klappte ganz gut. Und dann richteten Anni und ich einen wirklich prächtigen Frühstückstisch.

»Frühstück!«, rief Anni in Richtung Schlafzimmer. Dabei schlug sie mit dem Löffel auf eine Kuhglocke, die an

der Wand hing. *Dooong! Dooong!* Unglaublich laut war sie.

»Die Glocke hört man bestimmt bis ins Wiesental!«, sagte ich beeindruckt. Renate und Mama hörten das Geläute auf jeden Fall. Zerzaust hockten sie wenig später am gedeckten Tisch. Und nippten an ihrem Kaffee.

»Kind, du riechst immer noch!«, stellte Renate nach dem ersten Schluck fest. »Am frühen Morgen und auf nüchternen Magen wird einem ja fast übel davon.«

Anni kicherte. »Wolfsfurz!«, sagte sie nur.

»Tsss!«, machte Renate.

Mama meinte: »Da wir schon so früh auf den Beinen sind, könnten wir eine schöne Wanderung machen. Das Wetter passt auch.« Sie zeigte auf das sonnige Wiesental unter uns. Renate gähnte.

Ich rutschte unruhig auf meinem Stuhl hin und her. Weil ich zu Lilian wollte, ist ja klar. Und zwar ohne die Mamas. Deshalb sagte ich: »Wir haben gestern einen Jungen getroffen. Lilian. Ihr habt ihn bei der Herfahrt gesehen. Er saß auf dem Tor an der Straße und hat uns zugewunken.«

»Der sah nett aus«, sagte Mama sofort. »Und irgendwie kam er mir bekannt vor.«

Ich verschluckte mich fürchterlich an meinem Kakao. Mama hatte Lilian tatsächlich schon gesehen. Aber nur kurz. Als er bei unserem letzten Abenteuer einmal mit beim Schuppen war.

Anni klopfte mir den Rücken und sagte hastig: »Er ist auch nett. Und Tilda und ich sollen heute zu ihm auf den Bauernhof kommen. Seine Schweine und Ziegen angucken. Wir dürfen sie füttern, hat er gesagt. Ist das nicht toll?«

Ich nickte heftig mit dem Kopf. »Da wollen wir heute hin. Zu Lilian und zu seinen Bauernhoftieren.«

»Aha!«, machte Mama und zog ihre Augenbrauen zusammen. »Wir wollten doch etwas gemeinsam unternehmen. Wandern zum Beispiel. Ein Freundinnenurlaub eben!«

Anni kratzte sich am Bauch. »Genau!«, meinte sie. »Die großen Freundinnen können wunderbar wandern. Am besten zusammen mit Floh. Und die kleinen Freundinnen kümmern sich um Schweine und Ziegen.«

Jetzt waren Mamas Augenbrauen ein einziger Strich. Das war kein gutes Zeichen. Aber dann mischte sich Renate ein. »Die Idee ist doch ganz nett! Wir wandern gemeinsam zu diesem hübschen Bauernhof. Wenn die Familie von dem Jungen nichts dagegen hat, können die Mädchen ein bisschen Bauernhofluft schnuppern, während wir beide das Wiesental erkunden.«

Anni und ich nickten so doll mit den Köpfen, dass Annis lange Pantherhaare an ihrem Nutellabrot festpappten.

Renate fuhr fort: »Es ist doch toll, wenn Stadtkinder Kontakt zu Schweinen und Ziegen haben.«

Anni lutschte an ihrer Nutellasträhne, ich nickte wieder.

Mama seufzte. »Du hast ja recht«, stimmte sie endlich zu.

Ich küsste sie auf die Nase. Der Tag war gerettet. Und sollte jetzt auch endlich starten. Deshalb klatschte ich in die Hände und stand auf. »Dann mal los!«

So schnell wie an diesem Morgen hatte ich mich bestimmt noch niemals nie umgezogen. Und die Zähne geputzt. Schon war ich wieder auf der Empore und schnappte mir den Blumentopf.

»Hexe Luda, es geht los!«, verkündete ich leise.

Die Blume hatte nichts dagegen. Also steckte ich sie vorsichtig in Lenis hübsche Schachtel. Und die kam in meinen Wanderrucksack.

Leider warteten Anni, Floh und ich dann noch ganz schön lange auf die Mamas. Aber endlich standen sie in ihren bunten Wanderklamotten vor uns. Renates knöchelhohe Wanderschuhe blitzten nigelnagelneu in dunklem Rosa.

»Schick«, stellte ich fest.

Und dann konnte es auch endlich losgehen.

Ich führte den Wandertrupp an. Auf dem steilen Pfad fluchte Mama wild. Weil sie Floh an der Leine hielt. Und der hatte es wieder enorm eilig.

»Langsam!«, brüllte Mama immer wieder. »Meine armen Knie.«

Sie schaffte es dann aber ohne Sturz bis ins Tal. Schlitternd und rutschend. Ziemlich verschwitzt stand sie endlich auf dem Wiesenhof. Renate fummelte die ganze Zeit an ihren Wanderschuhen herum.

»Ich fürchte, ich bekomme Blasen«, sagte sie jammernd. »Das war aber auch ein Abstieg!«

»Ihr könnt jetzt ruhig weiterwandern«, schlug ich vor. »Wir kommen allein klar.«

In dem Moment tauchte Viola auf. Und Emilia. Und Lilian. Der guckte etwas verschreckt auf die Mamas.

»Äh!«, sagte ich schnell. »Wir wollten dein Angebot von gestern annehmen und deine Tiere angucken. Und füttern. Unsere Mütter gehen solange wandern.«

Mama strahlte die Knöterichs an und sagte: »Mein

Name ist Kannegießer. Die Mädchen wollten Ihren Jungen besuchen und den Hof kennenlernen. Ist Ihnen das überhaupt recht?«

Emilia guckte von Mama zu mir. Ich zwinkerte wie verrückt. Und mein Herz hopste im gleichen Takt. Hoffentlich kapierten Emilia, Viola und Lilian unsere Notlüge.

Viola hauchte schließlich mit ihrer samtigen Stimme: »Wie schön! Wir freuen uns sehr über Besuch. Die Kinder können gerne den ganzen Tag hier verbringen. Es gibt bei uns viel zu entdecken!«

Mama räusperte sich. »Das ist sehr freundlich von Ihnen. Aber wir würden die Mädchen später einfach wieder abholen.«

Jetzt schaltete sich Emilia ein: »Für den Abend ist ein schweres Gewitter vorhergesagt worden. Im Radio sprachen sie sogar von einem Orkan. Sie sollten in der Nähe bleiben!«

»Ein Gewitter?«, fragte Renate und riss ihre Augen auf.

Ich guckte zum Himmel. Strahlend blau war der.

»Noch ist kein Wölkchen zu sehen«, meinte auch Mama.

Also klebte Renate sich Pflaster auf die Fersen. Dann brach der Wandertrupp endlich auf.

»Bis später!«, riefen die beiden.

Mama zog an Flohs Leine. Der bewegte sich kein Stück. Sondern schielte zu Anni.

»Nix da!«, sagte meine Freundin. »Geh mal schön wandern, du!«

Aber da war nichts zu machen. Also durfte auch Floh einen Bauernhoftag einlegen.

Wenig später fragte ich Lilian: »So, wo ist jetzt dieses Forsthaus?«

Er zeigte die Straße runter in Richtung Wald. »Ganz hinten im Tal. Es steht auf einer Lichtung. Ich war auch erst einmal mit Mama dort. Um eine Einladung für unser Fest am Freitag abzugeben. Und weil keiner zu Hause war, sind wir gleich wieder gegangen.«

»Am besten isst du jetzt auch das Melonenkaugummi aus deinem Notfallsäckchen«, schlug ich vor. »Als Geparden sind wir ruck, zuck beim Forsthaus.«

»Und was machen wir mit Floh?«, fragte Anni und zeigte auf den Dackel, der gerade ein Mauseloch im Blumenbeet vergrößerte. Buddelnderweise. »Bekommt er auch ein Melonenkaugummi?«

»Auf keinen Fall!«, rief ich. »Da bekommt Mama die

Krise. Weil Floh noch stärker an der Leine zerrt. Im Höllentempo.«

Jetzt beäugten wir alle den kleinen, buddelnden Hund. Erdkrumen spritzten gegen meine nackten Beine. »Wir brauchen ein Transportmittel für Floh«, stellte ich schließlich fest.

Kalli, unseren Riesenhasen, hatten wir schon im Rucksack transportiert. Natürlich so, dass er oben rausgucken konnte. Aber mein roter Wanderrucksack war eindeutig zu klein. Außerdem steckte da schon Hexe Luda drin. Und Kekse.

Lilian zog an seiner Locke. »Im Stall hängt ein Korb. Den kann man sich auf den Rücken schnallen. Oma sagt, dass man damit Feuerholz gesammelt hat. Früher, vor Urzeiten.«

Diesen Korb schauten wir uns gleich mal an.

»Der ist doch perfekt!«, sagte ich und freute mich wie verrückt.

Der geflochtene Korb hatte zwei Lederriemen. Wie einen Rucksack konnte ich ihn auf meinen Rücken setzen. Und als ich in die Knie ging, hob Lilian den Hund in den Korb.

Leider zappelte Floh sofort. Und kläffte.

Anni sagte: »Du olle Langwurst solltest eigentlich mit

den Mamas wandern gehen. Da hättest du jetzt mehr Spaß. So ist das, wenn man bockig ist!«

»Er kann nicht rausgucken«, meinte Lilian. »Das findet er doof.«

Ich setzte vorsichtig den Korb mitsamt Floh auf dem Stallboden ab. Aus der Tiefe des Korbes guckte mir der Hund mit traurigen Augen entgegen.

»Er braucht ein Guckloch«, sagte ich. »Wenn er etwas sehen kann, ist er bestimmt zufrieden.«

»Die Gartenschere!«, rief Lilian. Schon flitzte er los in Richtung Scheune. Nur Minuten später stand er keuchend wieder neben uns. Mit einer kleine Astschere in der Hand. Und weil der Korb aus Zweigen geflochten war, hatte Lilian rasch eine perfekte, kreisrunde Öffnung in den Weidenkorb gezwackt.

»Toll!«, bemerkte ich. Und auch Floh gefiel das Fenster sehr, sehr gut. Zufrieden steckte er seinen Kopf hindurch und guckte uns erwartungsvoll an.

»Es kann losgehen!«, sagte ich feierlich.

Ich schulterte Floh. Obwohl der wahrscheinlich lieber auf Annis Rücken durch den Wald geflitzt wäre. Wegen dem wurstigen Duft. Aber die weigerte sich.

»Ich nehme den Rucksack mit der Zauberblume«, sagte sie. »Und mit den Keksen.«

Endlich verließen wir den Stall. Vorweg marschierte Lilian. Dann kam ich mit Floh. Und Anni bildete das Schlusslicht. So konnte Floh die duftende Anni wenigstens die ganze Zeit im Blick behalten und gab Ruhe.

Leider stießen wir direkt vor dem Stall auf Viola.

»Ach, hier seid ihr alle!«, hauchte sie mit sanfter Stimme. »Lilian, hattest du gestern Mist in das Gießwasser der Lachblume gemischt? Es ist noch kein Trieb zu sehen!« Sie streckte uns einen Blumentopf entgegen. Die dunkle Blumenerde glänzte feucht.

»Klar!«, antwortete Lilian und guckte zu Boden. So als ob da gerade etwas sehr Interessantes herumkrabbeln würde. Eine Vogelspinne zum Beispiel.

Viola schüttelte ihr Elfenhaar und guckte bekümmert. »Die Lachblume *muss* spätestens Donnerstag blühen«, sagte sie. »Damit ich sie in das Willkommensgetränk mischen kann! Es darf nichts schiefgehen!«

»Ich brauche kein Willkommensfest!«, rief Lilian mit rotem Kopf. »Und Freunde kann ich auch ohne den Lachzauber finden.«

Viola seufzte. »Ich helfe dir bei einem guten Start am neuen Wohnort. Das bin ich dir wegen unserer vielen Umzüge schuldig!« Schwungvoll drehte sie sich um. Ihr rüschiges Kleid und das lange Seidenhaar wehten sacht, als sie mit schwebenden Schritten in Richtung Scheune verschwand.

Lilian starrte ihr hinterher.

Ich fragte: »Du hast aber einen neuen Samen in den Blumentopf gesteckt, oder?«

Lilian nickte. »Schon«, antwortete er. »Aber erst heute Morgen. Ich habe in Mamas Umzugskartons nämlich

keine Lachblumensamen gefunden. Ich habe in ihrem Chaos überhaupt *nichts* gefunden! Also musste ich unauffällig in Omas Arbeitszimmer suchen. Aber Oma hat keine Lachblume.«

»So!«, sagte ich. »Und was wächst jetzt in dem Topf?«

Lilian antwortete: »Da wächst bald eine Blume mit vielen bunten Blüten. Genau wie bei der Lachblume. Nur der Zauber ist nicht derselbe.«

»Jetzt mach es nicht so spannend«, sagte Anni und blies ihre Backen auf. »Welcher Zauber ist das?«

»Manspuktwienlama«, murmelte Lilian.

»Hä?«, machte Anni. Ich hatte auch kein Wort verstanden.

»Man spuckt wie ein Lama«, sagte Lilian nun deutlicher.

Anni und ich starrten Lilian an. Keiner sagte einen Ton.

Schließlich zuckte Lilian mit den Schultern und meinte: »Genau deshalb müssen wir jetzt auch sofort die Lachblume zurückholen! Damit beim Fest keine spuckenden Lamas hier herumlaufen. Äh, Gäste.«

Schon flitzte er los. In einem Mördertempo.

Anni und ich guckten Lilian hinterher.

»Na dann!«, sagte Anni.

»Festhalten, Floh!«, rief ich dem Hundetransporter auf meinem Rücken zu, bevor ich lossprintete. Gepardenschnell.

Lilian nahm aber nicht die Straße zum Forsthaus, sondern lief querfeldein.

»Das ist eine Abkürzung«, rief er über die Schulter. Da hatten wir ihn fast eingeholt. Doof war nur, dass im Wald natürlich kein bisschen aufgeräumt war. Überall lagen kleine und große Äste herum. Und Steine. Und wenn man schnell wie ein Gepard flitzt, huschen die Bäume nur so an einem vorbei. Da kann man gar nicht so genau auf den Boden gucken und aufpassen. Deshalb flog Anni auch

gleich mal in hohem Bogen über einen Ast, der aus dem Boden lugte.

»Oooh!«, stöhnte sie, als ich ihr aufhalf. Dabei hing der Rucksack schief über ihrem Kopf.

»Wir müssen langsamer machen«, stellte ich fest. »Sonst überlebt Hexe Luda nicht einmal ihren ersten Tag mit Blüte!«

»Und die Kekse können wir als Krümel aufsaugen«, sagte Anni, während sie Rucksack und Pantherhaar richtete.

Also führte Lilian uns nun etwas langsamer durch den Wald. Aber nur etwas. Immer wieder kamen kleine Senken, es ging hoch und runter, auf und ab. Ich sah viele Höhleneingänge an mir vorbeirauschen. Ob da wohl Füchse wohnten? Oder Dachse? Oder Kaninchen? Ich konnte Lilian nicht fragen, weil seine Füße so zackig durch das raschelnde Laub auf dem Waldboden pflügten. Floh auf meinem Rücken hielt erstaunlich still.

Endlich blieb unser Freund stehen.

»Da vorne ist das Forsthaus«, raunte er uns zu. Wir stellten uns hinter einen mächtigen Baumstamm und lugten vorsichtig in Richtung Lichtung. Schön war es hier: Mitten im schattigen Wald hatte ich gar nicht mit einer so großen und sonnenbeschienenen Wiese gerechnet.

Und mittendrin stand ein wirklich hübsches Fachwerkhaus. Es hatte ein spitzes Dach und Sprossenfenster und viele, viele bunte Blumen wuchsen um das Forsthaus herum.

»Hört ihr das Brummen und Summen?«, wisperte ich. »Sind das Bienen?«

Lilian nickte. »Oma kauft hier immer unseren Honig«, raunte er zurück.

Ich schaute mich um. Keine Menschenseele konnte ich entdecken. Und es war nichts zu hören außer Bienengebrumm und Blätterrauschen.

»Wo suchen wir zuerst nach der Lachblume?«, fragte ich Lilian.

»In Michels Zimmer«, antwortete er. »Da würde ich an seiner Stelle das Diebesgut verstecken!«

Ich nickte. »Anni, wir brauchen Hexe Luda!«

Schon zog sie den Rucksack vom Rücken. Beim Öffnen der Blumendose kam die krumme, hutzelige und farblose Unsichtbarkeitsblume zum Vorschein.

Lilian rümpfte die Nase. »Das kann ja heiter werden!«, sagte er nur.

Ich verteidigte meine Zauberpflanze. »Das Aussehen hat ja wohl überhaupt nichts zu sagen«, erklärte ich. »Es kommt auf ganz andere Sachen an im Leben!« Das bläut

uns Frau Wonnemeier immer wieder ein. Sie ist meine Lehrerin. Deshalb muss sie ja wohl Bescheid wissen!

Ich beugte mich über die Zauberblume. Die beiden grüngelben Antennen kitzelten an meiner Nasenspitze. *Plöpp!*

Annis und Lilians Nasen drängelten sich vor. *Plöpp! Plöpp!*

Doch was war das? Ich zwinkerte hektisch.

»Ich sehe euch noch! Irgendwie!«, sagte ich. »Wie durch eine Seifenblase.«

»Mistiger Mist!«, sagte Lilian.

»Wir sehen gläsern aus«, sagte Anni und stupste mich an. »Wie Gespenster! Leicht durchsichtig, aber noch zu erkennen. Huhuuu!«

Sie wedelte mit den Armen, ich sah es genau!

»Egal jetzt«, sagte Lilian drängelnd. »Man muss schon ganz genau gucken, um uns zu entdecken. Los geht's!«

Anni trat auf die sonnenbeschienene Wiese. Wie ein Hitzeflimmern über sehr, sehr heißem Boden waberte ihre fast unsichtbare Gestalt in Richtung Forsthaus. Lilian und ich huschten hinterher.

Eigentlich piepsen wir immer, wenn wir unsichtbar sind. Damit wir nicht aneinanderknallen. Aber das konnten wir uns dieses Mal sparen.

Annis gläserne Geisterhand drückte die Tür auf.

»Hier schließt aber auch kein Mensch seine Haustür ab«, stellte sie fest.

Und dann standen wir in einem recht dunklen Flur.

»Oha!«, machte Anni. Ich glaube, sie meinte damit die vielen, vielen Geweihe an der Wand. Außerdem glotzte uns ein ausgestopfter Wildschweinkopf aus glasigen Augen an. Gruselig.

Wäff!, machte Floh auf meinem Rücken.

»Pscht!«, machten Lilian, Anni und ich.

Ich lauschte. Außer dem Ticken einer Uhr hörte ich nichts.

Lilians Stimme wisperte: »Das Kinderzimmer ist bestimmt oben.«

Sehen konnte ich ihn nicht wirklich im finsteren Flur.

Jetzt hörte ich ein leises Knarzen. Es kam von der geschwungenen Holztreppe. Sie verschwand in einem engen Bogen in der oberen Etage. Auch unter meinen Schleichschritten knarzten die alten Treppenstufen, obwohl ich extra ganz am Rand ging. Den Trick kenne ich von Omas Speichertreppe. Die knarzt auch immer so unheimlich.

»Bingo!«, hörte ich Lilians Stimme aus dem oberen Flur. Vorsichtig schlich ich über einen flauschigen Teppich und lugte durch die erste Tür auf der rechten Seite. Es

war eindeutig ein Kinderzimmer. Oder ein Jugendzimmer. Auf dem schmalen Bett am Fenster lag Fußballbettwäsche, und über dem Bett an der Wand hingen Fußballposter. Im deckenhohen Holzregal stapelten sich Bücher und Zeitschriften und Pokale.

»Das läuft ja wie am Schnürchen!«, raunte Annis Stimme hinter mir in der Türöffnung. Sofort füllte sich das Zimmer mit Wurstgeruch.

Lilians durchsichtige Hand hob den Vorhang am Fenster leicht an. »Hier steht nur ein vertrockneter Kaktus. Keine Lachblume«, hörte ich ihn mit enttäuschter Stimme sagen.

Wir stellten das ganze Zimmer auf den Kopf. Und wir fanden: nichts! Nicht die Spur einer Pflanze, obwohl wir selbst den Kleiderschrank durchforsteten. Dabei hoffte ich inständig, dass dieser Michel keine Blume in ein dunkles Versteck ohne Licht stopfen würde. Das wäre nämlich Pflanzenquälerei. Jawohl! Und was, wenn die wertvolle Lachblume schon auf dem Kompost lag? Aber den Gedanken schüttelte ich gleich wieder aus meinem Kopf und suchte lieber weiter.

Und gerade, als ich hinter einen Bücherstapel spähte, hörte ich es: knarzende Schritte auf der Treppe. Floh knurrte auf meinem Rücken.

»Pscht!«, machten Anni und ich.

»Hallo?«, rief eine Stimme.

»Mistiger Mist!«, zischte der gläserne Lilian vor dem Regal.

»Presst euch an die Wand«, hauchte ich.

Im nächsten Moment stand eine Frau in der Zimmertür. »Michel?«, fragte sie. »Lisbeth?«

Wir Geister drückten uns an die Fußballtapete.

»Wie riecht es denn hier?«, murmelte die Frau und wuselte zum Fenster.

Frische Luft strömte ins Kinderzimmer. Ich atmete trotzdem ganz flach. Und drückte den Hundekorb an die Wand. Floh fand das nicht so gut. *Wäff!*, machte er.

Der Kopf der Frau zuckte so ruckartig in meine Richtung, dass ihr rehbraunes Haar nur so flog.

»Wuff!«, machte Anni auf der anderen Seite des Zimmers.

Die Frau drehte sich im Kreis.

Wäff!, machte Floh wieder, aber da war ich schon im Flur.

»Jetzt sehe ich schon Gespenster«, rief die Frau.

Mehr konnte ich nicht hören, weil die Treppenstufen unter meinen schnellen Schritten ächzten. Die letzte übersprang ich einfach. Doch was war das? Die Haustür

war jetzt durch eine große Kiste versperrt. Hinter mir polterte es auf der Treppe.

Ich hörte die Frau oben rufen: »Hallo? Ist da jemand?«

Hektisch guckte ich ins Zimmer am Ende des unteren Flurs. Eindeutig ein Wohnzimmer. Und neben dem braunen Ledersofa stand eine Terrassentür sperrangelweit offen. Die Sonnenstrahlen tanzten auf dem Parkett. Ich sprintete los. Gepardenschnell.

Wäff, wäff!, machte Floh hinten im Korb. Er zappelte jetzt wie verrückt.

Ich legte noch einen Gang zu. Wenn der kleine Dackel durchdrehte, musste ich weit genug vom Forsthaus weg sein. Ich zischte über eine steinerne Terrasse und über die bunte Blumenwiese. Vor mir tauchte ein hoher Drahtzaun auf. Also bog ich nach rechts ab und sprintete den Zaun entlang. Endlich erreichte ich die ersten Büsche und tauchte ab.

Gerade wollte ich erleichtert aufatmen, da *sah* ich Anni. Ungefähr in der Mitte der Blumenwiese stand sie. Vollkommen sichtbar. Und schaute sich um.

»Anni!«, rief ich gedämpft und wedelte mit meinen Armen aus dem Gebüsch heraus. Auch ich war wieder gut sichtbar.

Schon sauste meine Freundin los. Ihre Haare flatterten, der Rucksack hüpfte. Hinter ihr stürmte der ebenso sichtbare Lilian aus der Terrassentür und über die Wiese. *Knirsch, knacks* splitterten die Äste, als sich meine Freunde neben mir ins Gebüsch retteten.

»Uff!«, machte Lilian. »Das war knapp. So ein mickriger Zauber. Hoffentlich hat Maria mich nicht erkannt!«

»Die Frau heißt Maria?«, fragte ich nach. Lilian nickte.

Anni fluchte: »So eine kläffende Langwurst!«

Genau in dem Moment drehte Floh durch: Er bellte und zappelte, dass der Korb auf meinem Rücken nur so wackelte.

»Floh!«, rief ich. »Still!«

Aber dann klapperte es laut neben uns am Zaun, und eine Stimme machte: »Uaaah!«

Vor lauter Schreck sprang ich auf. Und starrte zum Zaun. Dort stand ein Kind. Ein Mädchen, um genau zu sein. Es hielt sich im Gehege am Maschendrahtzaun fest. Ihre Beine wirkten seltsam verdreht. Und völlig kraftlos. Das Mädchen schien sich nur durch das Festklammern am Draht aufrecht zu halten. Im Gras lagen zwei Krücken.

Das Kind grinste uns fröhlich an. »Jetzt habe ich euch aber erschreckt, was?«, fragte es mit lachenden Augen.

Anni fand ihre Sprache als Erste wieder: »Was ist denn mit dir passiert?«

Dabei zeigte sie auf die krummen Beine in der getupften Leggins.

Das Mädchen ließ sich langsam auf den Boden gleiten. Sitzend sagte sie: »Mit mir ist nichts passiert. Oder doch, bei meiner Geburt schon. Da bin ich in Mama stecken geblieben. Etwas zu lange. Das fand mein Hirn nicht so gut. Deshalb spielen mein Rücken und meine Beine verrückt. Man nennt das spastische Lähmung.« Sie angelte nach ihren Krücken. »Ich bin übrigens Lisbeth.«

Aha.

»Ich bin Tilda«, sagte ich.

Lisbeth nickte und zog sich mühsam am Drahtzaun nach oben. Dann fragte sie: »Warum steckt ihr eigentlich im Gebüsch und beobachtet unser Haus?«

»Äh!«, machte Lilian und zog an einer seiner Locken. »Ich zeige den beiden Stadtkindern den wilden Wald.«

»Wenn ihr zu mir ins Gehege kommt, zeige ich euch zwei wilde Waldbewohner«, sagte Lisbeth, »Puck und Pucki.«

»Puck und Pucki?«, fragte Anni neugierig. »Wer soll das sein?«

Da war ich auch mal gespannt.

Aber Lisbeth drehte sich schon mühsam um und machte mit Hilfe der Krücken ein paar Schritte vom Zaun weg. Dabei war immer ein Bein im Weg. So krumm zeigten die Beine und Füße nach innen. Doch Lisbeth kam trotzdem gut damit zurecht und entfernte sich zackig.

»Der Zaun ist etwas hoch«, rief Anni dem Mädchen hinterher. »Und wir haben Gepäck!« Sie zeigte auf den Hundetransporter auf meinem Rücken.

Lisbeth rief über ihre Schulter: »Es gibt ein Tor. Lauft einfach am Zaun zurück in Richtung Haus.«

Das ließen wir uns nicht zweimal sagen. Wer waren Puck und Pucki? Ruck, zuck hatten wir uns durch das Gebüsch und dann durch ein großes Tor geschoben und flitzten zu Lisbeth. Sie stand mitten auf der Wiese.

»Wer ist denn jetzt Pucki?«, fragte Anni.

»Wo ist Puck?«, fragte Lilian.

Wir hatten uns hinter Lisbeth aufgestellt. Ich guckte mich um. Wir standen in einem sehr, sehr großen Gehege. Ganz hinten am Zaun standen mächtige Bäume. Und dort bewegte sich etwas.

»Pucki!«, rief Lisbeth mit Säuselstimme. »Puck! Kommt! Kommt!«

Und dann sah ich es: Rehe! Vorsichtig staksten sie auf ihren langen dünnen Beinen aus dem Waldstück heraus. Direkt auf uns zu.

»Das sind Puck und Pucki?«, hauchte Anni mit aufgerissenen Augen.

Ich war nur froh, dass Floh in seinem Korb in die andere Richtung guckte. Er konnte die Wildtiere nicht sehen. Und anscheinend auch noch nicht riechen.

»Komm, Pucki, komm!«, säuselte Lisbeth wieder. Sie zog umständlich ein paar Haferflocken aus einer roten Bauchtasche. Ohne die Krücken loszulassen. Und sie hielt den Rehen die Leckereien auf der flachen Hand entgegen. Langsam und mit zuckenden Ohren staksten die Tiere näher.

»Das größere Tier humpelt ja!«, wisperte ich.

»Pucki wurde als Kitz von einem jagenden Hund angefallen«, erzählte Lisbeth. »Fast wäre sie gestorben. Aber Mama hat sie gerettet. Überhaupt rettet Mama alle Wildtiere. Sie wird immer angerufen, wenn es einen Notfall gibt.«

»Das kleinere Reh ist auch ein Notfall?«, fragte Lilian.

Lisbeth nickte. »Puck ist höchstens drei Monate alt. Seine Mama wurde überfahren. Wir haben ihn mit der Flasche aufgepäppelt.«

Anni fragte: »Haben Babyrehe eigentlich nicht viele weiße Tupfen?«

»Nur die ersten Wochen, dann verblassen sie«, antwortete Lisbeth. »Puck braucht trotzdem noch jeden Tag seine Flasche.«

Die Tiere standen jetzt direkt vor uns. Ihre großen, dunklen Augen guckten auf Lisbeth. Ich hielt vor lauter Aufregung die Luft an. So nah war noch niemals nie ein Reh an mich herangekommen. Beide hatten lange Wimpern und samtweiches Fell um das schwarz gelackte Näschen herum. Und dann schleckten diese wunderhübschen Rehe die Haferflocken von Lisbeths Hand. Die hielt ganz still. Man sah sofort, dass sie richtig viel Ahnung davon hatte, wie man mit so scheuen Wildtieren umgehen muss.

»Sapperlot!«, sagte Anni mit Flüsterstimme.

Wir bewegten uns keinen Millimeter.

Wäff!, machte Floh. Der Korb auf meinem Rücken wackelte.

Pucki machte einen Rückwärtshopser.

»Still, du doofe Langwurst!«, zischte Anni.

Auch ich ärgerte mich ein kleines bisschen über den Dackel. Denn die Rehe verschwanden mit schnellen Sprüngen zwischen den Bäumen.

Lisbeth fragte: »Kann euer Hund nicht laufen oder warum sitzt er im Korb?«

»Bei der Hitze trage ich ihn ab und zu«, antwortete ich schnell.

Anni ergänzte: »Dackel haben kurze Beine!«

Aber jetzt musste sich Floh genau diese Beine mal vertreten. Und Pipi machen. Und aus der Rehtränke kühles Wasser schlabbern.

Lilian fragte: »Wo ist denn Michel? Wir müssen ihn was fragen.«

Stimmt, wir hatten ja einen Auftrag! Vor lauter niedlicher Rehe hatte ich den komplett vergessen.

»Fußball spielen«, antwortete Lisbeth. »Wie immer. Auf dem Bolzplatz hinter der Schule.«

Drüben am Forsthaus stemmte gerade die braunhaarige

Frau eine grüne Gießkanne über einen Blumenkübel. Wir mussten verschwinden. Und zwar zackig!

»Tschüs dann!«, sagte ich schnell.

Lisbeth guckte traurig. »Kommt ihr mich mal wieder besuchen?«, fragte sie.

»Klar!«, sagte Lilian. »Wir sind ja Nachbarn. Und du kommst doch am Freitag zu uns auf den Wiesenhof. Zum Willkommensfest.«

Schwupps, schon war er zwischen den Bäumen verschwunden.

»Ich freu mich schon so!«, rief Lisbeth hinter ihm her.

Anni und ich winkten dem netten Mädchen. Dann verschluckte der Wald auch uns.

Im Schutz der Bäume stellte sich Lilian vor Anni und mir auf und reckte sein Kinn in die Höhe. Wie ein mutiger Löwe sah er aus. »Wir schnappen uns Michel«, verkündete er. »Er muss uns sagen, wo er die Lachblume versteckt hat. In seinem Zimmer war sie nicht, und das Forsthaus können wir im Augenblick schlecht durchsuchen. Deshalb: Auf zum Sportplatz!«

»Jetzt?«, fragte Anni und riss ihre blauen Augen weit auf. »Das Dorf ist doch voll weit weg!«

»Wir sind gepardenschnell«, bemerkte ich. »Ich finde, Lilian hat recht: Zu dritt kommt dieser Michel nicht gegen uns an. Er wird uns schon verraten, wo er die geklaute Blume versteckt hat.«

Anni seufzte. »Okay, einverstanden. Aber nur unter

einer Bedingung: Dieses Mal nehmen wir die Straße«, sagte sie etwas maulig.

»Und wenn uns jemand als Geparden sieht?«, fragte Lilian. »Da fallen den Dorfbewohnern ja die Augen aus dem Kopf!«

»Wir schnuppern noch mal an Hexe Luda«, schlug ich vor.

»Pah«, machte Lilian. »Die Zauberkraft wirkt doch nicht richtig!«

»Verschwommen fallen wir trotzdem weniger auf«, verteidigte ich Hexe Luda. »Außerdem flimmert sowieso alles in dieser Affenhitze.«

Es war wirklich furchtbar heiß. Obwohl die Sonne hinter hellgrauen Wolkenschlieren steckte. In der Ferne grummelte der Himmel.

»Wir sollten uns beeilen«, sagte ich. »Damit wir zurück am Wiesenhof sind, bevor das Gewitter losgeht.«

Und deshalb musste Floh auch wieder in seinen Transporter. Obwohl er dazu überhaupt keine Lust hatte.

»Bitte, Floh!«, flehte ich den störrischen Dackel an. »Ein allerletztes Mal!«

Es klappte tatsächlich. Floh saß wieder im Korb, und seine lange Schnauze ragte aus dem Guckloch heraus.

»Ein Wunder«, bemerkte Anni.

Endlich steckten wir unsere Nasen ein zweites Mal in das kahle Gesicht der Zauberblume. *Plöpp!* Fast unsichtbar. Als gläserne Geister zischten wir zwischen den Bäumen entlang.

»Ich bin ein Rennwagen!«, rief Lilian irgendwo vor mir. »Und ich gewinne das Rennen!«

Der Wiesenhof rauschte an mir vorbei. Schon tauchten wir ins Dorf ein.

Links und rechts der menschenleeren Dorfstraße reihten sich hübsche Häuser mit bunt bepflanzten Blumenkästen an den Fenstern.

»Langsamer!«, rief ich meinem Freund zu. Es war gar nicht so einfach, ihn vor den Häusern auszumachen. So *fast* unsichtbar. »Wir verlieren dich sonst!«

Ich hatte ja keine Ahnung, wo die Schule war. Aber dann hörte ich Gegröle.

»Tooor!«, brüllte eine Stimme.

Ich folgte Lilians Geistergestalt um ein großes, hellgelbes Gebäude herum und überquerte eindeutig einen Schulhof. Jetzt lag der grüne Bolzplatz vor mir in der gleißend hellen Sonne.

»Mistiger Mist!«, hörte ich Lilians Stimme. Und dann erkannte ich seine verschwommene Gestalt vor dem dunklen Stamm eines Kastanienbaums.

»Die gesamte Fußballgang!«, sagte er und deutete mit seinem Geisterfinger in Richtung Grasplatz. Damit meinte er wohl die drei großen Kinder, die über das Grün wetzten. Zwei Jungen und ein Mädchen.

»Und wer von den Jungs ist jetzt Michel?«, fragte Anni.

Lilian antwortete mit Flüsterstimme. »Der mit den blutigen Knien.«

Tatsächlich waren bei dem größten der Fußballer die Knie total verkrustet. Und ein kleines Blutrinnsal verschwand in seinem neongelben Fußballschuh. Das schien dem Kerl aber nichts auszumachen. Gerade sprintete er im Affentempo dem Ball hinterher. Sein Fußballtrikot spannte an den Schultern, so breit waren die.

»Eine Kampfmaschine!«, sagte Anni etwas zu laut.

Jetzt schoss dieser Michel. Und der Ball knallte mit voller Wucht gegen den anderen Jungen im Tor. *Peng!*

»Autsch!«, machte ich. Mein Bruder Finn hatte mir mal seinen Lederfußball mit voller Wucht in den Bauch geschossen. Aus Versehen. Weh getan hatte es trotzdem, weil ich überhaupt keine Luft mehr bekommen hatte.

Aber der Junge im Tor lachte nur und klemmte sich den Ball unter den Arm. »Nicht schlecht!«, rief er Michel zu.

Lilians Stimme flüsterte: »Der Torwart ist Josef, der Sohn von Bauer Klaus.«

Dieser Josef füllte jedenfalls das halbe Tor aus. Und er streckte seinen Kopf nach vorne wie ein Stier.

»Der ideale Torwart«, stellte auch Anni fest.

»Und der rote Blitz?«, fragte ich bewundernd. »Wer ist das?«

»Das ist Toni«, flüsterte Lilian. »Eigentlich Antonia. Sie ist die schnellste Stürmerin im Wiesental.«

Das Mädchen im knallroten Trikot trippelte gerade auf der Stelle. Dabei hüpfte die große, weiße Sieben auf ihrem Rücken mit ihrem dünnen Pferdeschwanz um die Wette. Sehr, sehr sportlich sah das Mädchen aus. Toll!

»Und jetzt?«, fragte Anni. »Warten wir, bis wir wieder sichtbar sind, und fragen dann nach dem Blumentopf?«

»Wohl eher nicht«, antwortete Lilian mit hängenden Schultern. Vom stolzen Löwen war nichts mehr zu sehen. »Zu dritt sind sie viel stärker als wir. Da lachen die uns doch aus, wenn wir nach Mamas Blumentopf fragen. Und Toni rückt ihn niemals freiwillig raus. Allein schon, um mich zu ärgern. Sie ist die Anführerin. Und vor allem Toni ist beleidigt, dass ich nicht im supertollen Fußballteam mitspielen möchte. Die ist echt übel drauf!«

Das konnte ich mir bei dem tollen Blitz ja gar nicht vorstellen. Trotzdem fasste ich zusammen: »Die drei Fußballer sind älter als wir und vor allem um einiges stärker. Wir brauchen einen Plan!«

»Ich bin auch stark«, bemerkte Anni.

Es grollte im Tal. Eindeutig ein Donner.

Wäff, machte Floh auf meinem Rücken.

Anni sagte: »Und den Kampfdackel haben wir auch noch.«

Leider *sah* ich in dem Moment meine Freunde. Gut sichtbar und verschwitzt standen wir unter dem Kastanienbaum.

»Achtung!«, zischte Lilian.

Zu spät.

»Heee!«, brüllte der Stier im Tor und zeigte in unsere Richtung. »Wir haben Zuschauer!«

Toni schnellte herum. »Das *Blumenmädchen* vom Wiesenhof«, sagte sie und stemmte ihre dünnen Arme in die Hüften. Überhaupt war alles an ihr lang und dünn. Der Stier klemmte sich den Ball unter den Arm. Langsam bewegte er sich auf uns zu.

»Hat das Blumenmädchen Verstärkung bekommen?«, rief er uns zu. »Ein hübsches *Blumenkleeblatt*! Haha!« Dabei schnaubte er. Wie ein Stier. Echt und ungelogen. Und passend dazu grummelte der Himmel. Gruselig.

»Gibt's ein Problem, oder warum glotzt ihr so blöde?«, fragte die lange Toni.

»Nö!«, rief Anni zurück. »Und das *Fußballkleeblatt*? Hat das ein Problem?«

»Hä!«, machte der Stierjunge.

»Zugriff!«, rief mit einem Mal Toni. »Die schnappen wir uns!«

Schon sprintete sie auf ihren langen Beinen los.

»Die ist echt übel drauf«, stellte Anni fest.

Meine kurzen Beine fühlten sich plötzlich etwas flau an.

»Flucht!«, zischte Lilian.

Die Idee fand ich gut. Wie die Geparden rasten wir gut sichtbar über den Schulhof und die Dorfstraße entlang. Die Häuser zischten an uns vorbei. Ob da jemand stand, konnte ich bei der Geschwindigkeit nicht feststellen. Und es war mir auch egal. Erst am großen Gatter vom Wiesenhof blieben wir keuchend stehen. Da bellte Floh schon wie verrückt. Also befreite ich ihn aus seinem Transporter. Der Dackel schüttelte sich ausgiebig.

In dem Moment klingelte der Rucksack auf Annis Rücken. Oder besser, Mamas Handy.

»Wo seid ihr denn?«, hörte ich meine Mama ins Telefon rufen. Sie klang aufgeregt. »Habt ihr die Wolkenberge gesehen? Renate und ich warten hier am Wiesenhof auf euch.«

»Wir sind schon da!«, antwortete ich und drückte schnell den roten Knopf. Über uns rumpelte es. Und der Himmel über dem hinteren Wiesental war tatsächlich sehr, sehr dunkel. Teergrau. Blauschwarz. Rabenschwarz. Jetzt sah ich die Mamas. Meine stürmte mit grimmigem Blick vorweg. Renate humpelte hinterher.

»Ab zur Huber-Hütte!«, rief Mama. Schon packte sie meine Hand.

Ich konnte Lilian gerade noch zuraunen: »Wir sind

morgen ganz früh bei dir. Warte auf uns. Mach keinen Blödsinn!«

Lilians Antwort konnte ich nicht mehr hören. Weil Mama mich weiterzerrte. Die Wolkentürme walzten über die Berggipfel ins Tal.

»Tempo!«, rief Mama der humpelnden Renate zu. »Das sieht wirklich nach einem mächtigen Unwetter aus. Wir müssen in der Hütte sein, bevor es losgeht!«

»Die Blasen an meinen Fersen haben sich geöffnet«, rief Renate und stöhnte. »Es brennt höllisch.«

»Dann zieh die Schuhe aus«, schmetterte Mama über ihre Schulter. Schon zog sie Floh und mich weiter.

Als wir uns den steilen Pfad nach oben kämpften, windete es gewaltig. Die Äste oben in den Baumkronen peitschten. Mama preschte mit zusammengekniffenen Lippen und Floh voran. Sie hatte Angst. Das merkte ich genau. Und Mama hat selten Angst. Deshalb fürchtete ich mich langsam auch. Und der Angstbär in meinem Bauch hielt sich bei dem windigen Getöse die Ohren zu. Er meldet sich fast immer, wenn meine Gefühle verrücktspielen!

Jetzt krachte ein lauter Donner ins Tal.

»Aaah!«, machte Anni hinter mir. Die humpelnde Renate bildete auf dem schmalen Pfad das Schlusslicht. Wir kämpften uns bergauf.

Endlich, endlich, nach einer Ewigkeit, erreichten wir die Huber-Hütte. Und gerade, als Mama den Schlüssel ins Schloss steckte, zuckte ein greller Blitz über den inzwischen pechschwarzen Himmel. Wir stolperten in den dunklen Flur. Und schlugen die Tür hinter uns zu.

An diesem Abend tobte der wildeste Orkan durch das Wiesental, den ich jemals erlebt habe! Der Wind peitschte durch die Bäume, so dass sie sich fast bis zum Boden beugten.

»Da vorne fällt eine Tanne um!«, rief Anni nach dem Abendessen. Sie stand am großen Fenster. Und tatsächlich hatte es einen riesigen Nadelbaum mitsamt Wurzeln einfach umgelegt.

»Hoffentlich kracht kein Baum auf die Hütte!«, sagte ich.

Der Regen prasselte auf das Dach. Die Blitze zuckten durch die anbrechende Nacht. Der Donner grollte und brodelte durch das Wiesental. Und es nahm kein Ende.

»So was habe ich ja noch nicht erlebt«, sagte Mama, als es draußen schon dunkle Nacht war. »Aus den Bergen scheinen immer neue Orkanschübe zu kommen!«

Deshalb wollten unsere Mamas dann auch nicht, dass wir auf der Empore schliefen.

»So direkt unter dem Dach ist mir nicht geheuer«, sagte Renate.

Mama nickte. »Da muss ja nur ein Baum auf die Hütte krachen!«, sagte sie und schüttelte sich.

Also wuchteten wir zu viert die Matratze die schmale Leiter nach unten und legten sie im Wohnzimmer auf den Boden. Hexe Luda versteckte ich in einer Nische zwischen Schrank und Wand.

»Hier bist du sicher!«, flüsterte ich ihr zu.

Und als die Mamas schon unter ihren rot karierten Decken lagen und dem Sturm lauschten, kritzelte ich im Schein der Stirnlampe in mein Tagebuch:

Dienstag, 15. Juli

Draußen tobt ein fürchterliches Unwetter. Aber hier drinnen sind wir sicher. Sagt Mama jedenfalls. Hexe Luda ist eine ganz besondere Zauberblume: Riecht man an ihr, wird man nicht komplett unsichtbar, sondern huscht als durchsichtiger Geist umher. Leider ist die arme Luda nicht besonders schön anzuschauen. Sie ist krumm und schief und knorrig und hutzelig.

Morgen müssen wir die echte Lachblume finden. Weil

morgen ihre Blüte offen ist. Hoffentlich merkt dieser Michel nicht, dass er sich eine Zauberblume geschnappt hat!

Als wir an diesem Mittwochmorgen aus dem Fenster schauten, klappten uns allen die Münder auf. Weil es da draußen fürchterlich aussah! Überall lagen Äste und sogar ganze Bäume herum.

»Die Tanne da vorne ist bei der Hälfte einfach umgeknickt«, rief Anni. »Wie ein Streichholz.«

»Mannomann!«, sagte Renate und knabberte an ihrem Daumennagel herum.

»Da sind wir heute wohl mit Aufräumen beschäftigt«, meinte Mama. »Es sieht aus wie auf einem Schlachtfeld. Aber wenigstens scheint die Sonne wieder!«

Und das stimmte. Ein strahlend blauer Himmel wölbte sich über das Wiesental.

Renate seufzte. »Ich habe so fette Blasen an den Füßen, dass ich sowieso nicht wandern kann. Für kein Geld der Welt steige ich noch einmal in meine neuen Wanderschuhe.«

Ich beugte mich zu Anni. Wurstig würziger Duft waberte in meine Nasenlöcher. »Wir müssen schnurstracks zu Lilian«, raunte ich ihr ins Ohr. »Heute finden wir die Lachblume, egal, was sonst noch passiert!«

Anni nickte. »Klar wie Klößchenbrühe!«

Nach einem schnellen Frühstück verkündete ich: »Anni und ich müssen zum Wiesenhof. Und zwar genau jetzt.«

»Wie bitte?«, fragte Renate. »Ich dachte, wir räumen alle zusammen da draußen auf?«

»Genau«, ergänzte Mama. »Heute Abend machen wir aus allen Ästen wieder ein tolles Lagerfeuer. Wir haben noch Bratwürste zum Grillen.«

Renate klatschte in die Hände. »Wir feiern eine Aufräumparty!«, rief sie und lachte fröhlich. »Ich mache uns einen Kartoffelsalat!«

Anni kratzte sich am Bauch. »Wir müssen trotzdem zum Wiesenhof«, sagte sie. »Jetzt sofort. Weil wir es Lilian versprochen haben.«

Die Mamas guckten sich etwas ratlos an. Dann seufzte Renate und zuckte mit den Schultern. »Das macht bestimmt mehr Spaß!«, stellte sie fest.

»Von mir aus«, sagte schließlich auch Mama. »Aber ihr nehmt Floh mit. Dann können wir in Ruhe aufräumen, ohne ständig nach ihm schauen zu müssen. Außerdem braucht Floh Bewegung.«

Jetzt seufzte Anni sehr, sehr laut. Und wedelte mit den Händen vor Flohs Schnauze herum. Weil der schon wieder seine Zunge ausfuhr.

Als wir endlich zu dritt am Wiesenhof eintrudelten, stand die Sonne schon ganz schön hoch am Himmel. Auch auf dem Wiesenhof waren die Reste des Sturms sichtbar. Emilia, Viola und Lilian hatten schon einen ordentlichen Berg an Zweigen im Hof aufgestapelt.

»Ihr seid spät dran«, sagte Lilian statt einer Begrüßung. »Wir müssen sofort zum Forsthaus. Ich habe nachgedacht: Die Lachblume kann nur dort sein. Heute durchsuchen wir jeden Winkel. Als fast unsichtbare Geister!«

Anni verkündete mit blitzenden Augen: »Und wenn uns Michel in die Quere kommt, kann er was erleben!«

»Michel ist bestimmt mit Toni und Josef unterwegs, wie immer«, antwortete Lilian. »Ich hoffe, sie sind auf dem Fußballplatz, denn gegen die drei kommen wir nicht an.«

»Stimmt«, bemerkte Anni. »Da hilft noch nicht mal unser Kampfdackel!«

»Wir *müssen* die Lachblume heute finden«, rief Lilian und guckte verzweifelt. »Weil sich heute ihre Blüte öffnet. Und dann ist das Zauberblumengeheimnis in Gefahr!«

Und da hatte er einfach recht. Die Gedankenmurmeln rasten durch meinen Kopf. »Wenn wir die Zauberblume nicht im Forsthaus finden, brauchen wir einfach einen richtig guten Plan. Das Fußballkleeblatt ist vielleicht *stärker* als das Zauberblumenkleeblatt. Aber wir sind *schlauer*. Wir haben es schon mit dem listigen Gunnar aufgenommen. Und ihn jedes Mal besiegt.«

Gunnar ist unser Feind. Weil er den Zaubergarten für sich allein haben will. Anni und mich würde er deshalb am liebsten auf den Mond schießen.

»Genau!«, rief Anni und breitete ihre Arme aus. »Tilda, Anni, Lilian – auf jeden von uns kommt es an!«

Dann wollte ich Floh wieder in den Transportkorb stecken. Damit wir blitzschnell durch den Wald flitzen konnten. Ist ja klar. Aber er wollte kein bisschen in den Tiertransporter einsteigen. »Bitte, Floh!«, flehte ich ihn an. »Nur bis zum Forsthaus.«

Aber Floh zappelte wie verrückt. Und wollte mich sogar zwicken.

»Olle Langwurst!«, schimpfte Anni aus sicherer Entfernung. »Stur wie ein Esel!«

Ich seufzte. »Wir müssen wohl dackelschnell zum Forsthaus flitzen. Anstatt gepardenschnell.«

Wäff!, machte Floh und zerrte auch schon an seiner roten Leine.

»Na, dann los«, sagte Lilian.

Daraus wurde aber erst einmal nichts. Weil sich im Erdgeschoss ein Fenster öffnete und Emilia rief: »Tilda! Konrad Bovist ist am Telefon.« Aufgeregt flitzte ich ins Haus. Hatte Herr Bovist etwa gemerkt, dass ein Samen der Unsichtbarkeitsblume fehlte?

Bevor Emilia mir den Hörer in die Hand drückte, raunte sie mir zu: »Unser Blumenmeister braucht etwas Aufmunterung!« Sie zwinkerte.

»Hallo, Herr Bovist«, sagte ich also in die Leitung. »Sitzt die Hexe noch im Rücken?«

Ich hörte Herrn Bovist lachen. »Gute Güte, der Hexenschuss ist dieses Mal wirklich zäh. Ich liege nach wie vor die meiste Zeit auf dem Sofa. Rupert langweilt sich fürchterlich«, erzählte er.

Wouuu!, hörte ich Rupert im Hintergrund.

Dann fragte mein alter Freund: »Und wie geht es euch? Gefällt dir das Landleben?«

Also erzählte ich ausgiebig vom Wiesental. Und von der Huber-Hütte. Und von Renates Wanderschuhblasen. Die Unsichtbarkeitsblume erwähnte ich mit keinem Wort. Als ich auflegte, hatte er beste Laune. Und weil das so bleiben sollte, musste die hutzelige Hexe Luda vorerst geheim gehalten werden.

Erleichtert gab ich Emilia den Hörer zurück und schaute mich im Zimmer um.

»Ist das hier dein Labor?«, fragte ich. Auf einem ewig langen und hohen Regal standen unzählige Fläschchen und Gläschen und Döschen und Tiegel. Und die waren gefüllt mit Flüssigkeiten und Kügelchen. Auch getrock-

nete Blüten und Blätter konnte ich in den durchsichtigen Behältnissen entdecken.

»Mein Arbeitszimmer, genau«, antwortete die alte Dame im grünen Overall.

»Sind die alle mit Zaubereien gefüllt?«, fragte ich und zeigte auf die tausend Gefäße. Oder fünfhundert. Ich hatte keine Zeit, sie zu zählen.

»Selbstverständlich!«, sagte Emilia.

Lilian und Anni waren inzwischen auch eingetrudelt. Lilian schnappte sich ein hellgrünes Fläschchen und hielt es in die Höhe. »Oma und ich forschen gerade an einem neuen Zauber. Dem Aufhebungszauber.«

»Aha«, sagte Anni. »Und was soll das sein?«

»Mit nur einem Tropfen dieses Zaubers kannst du jeden anderen Zauber aufheben«, antwortete Lilian. Seine grünen Augen funkelten begeistert. »Zurück auf null sozusagen.«

»Boah!«, machten Anni und ich fast gleichzeitig. Das war ja mal ein sehr, sehr nützlicher Zauber!

Emilia lachte. »Wir müssen aber erst noch seine endgültige Wirksamkeit testen. Nach dem Sommerfest. Sonst dreht deine Mutter durch!« Sie wuschelte Lilian durch die Locken. So hübsch sah die zerzauste Frisur aus.

Genau in dem Moment tuckerte draußen im Hof ein

lauter Motor, und Violas Stimme tönte durchs Haus: »Mutter! Kannst du bitte dem Getränkelieferanten zeigen, wo die Kisten hinkommen. Ich kann gerade nicht. Der nächste Kuchen muss aus dem Ofen!«

Emilia seufzte. Und scheuchte uns vor sich her aus dem Haus.

Gleißend hell begrüßte uns draußen das Sonnenlicht. Zwei Männer entluden einen bunten Laster.

»Abflug!«, raunte Lilian uns zu.

Wenig später tauchten wir vier in den Wald ein. Floh sauste mit gesenkter Schnauze und wild schnüffelnd voraus. Ich wetzte hinterher. Der Rucksack mit Hexe Luda hopste wieder auf Annis Rücken. So erreichten wir das Forsthaus. Und konnten kaum glauben, was wir dort sahen!

Eine riiiesige Tanne lag auf dem Boden. Ihre Wurzeln lagen im Rehgehege. Und die Tannenspitze berührte fast die Hauswand des Forsthauses. Der Zaun und das Tor der Rehunterkunft lagen flach am Boden.

»Sapperlot!«, sagte Anni und steckte sich eine lange Haarsträhne in den Mund.

Vor dem Haus parkte ein Traktor mit langem Anhänger. Ein bärtiger Mann in Latzhose zerteilte mit brüllender Motorsäge den dicken Stamm.

»Das ist Bauer Klaus«, informierte uns Lilian. Er musste ganz schön schreien. Wegen dem Sägegebrüll.

Leider war auch das gesamte Fußballkleeblatt da. Es wuselte mit Maria zwischen den zersägten Baumteilen herum. Und türmte lange Tannenäste auf einen Haufen vor dem Gehege. Der war schon ganz schön groß. Also der Haufen.

In dem Moment bemerkte ich Lisbeth. Sie saß auf der flachen Treppenstufe vor der Haustür. Halb versteckt von Traktor und Hänger. Das kleine Mädchen weinte mit bebenden Schultern.

»Lisbeth!«, rief ich den anderen zu und zeigte zur Treppe. Geduckt huschten wir los. Damit uns die Fußballer nicht entdeckten.

»Was ist los?«, fragte ich Lisbeth und kauerte mich neben sie auf die Steinstufe. Rotz und Schnodder liefen ihr aus der Nase. Das Sägekreischen verstummte. Ich linste am Traktor vorbei und um die Hausecke. Alle Waldarbeiter waren noch beschäftigt. Nur Bauer Klaus wischte sich mit einem karierten Tuch die schwitzige Stirn.

»Pucki und Puck sind weg«, sagte Lisbeth zwischen ein paar Schluchzern.

»Oha!«, machte Anni und legte einen Arm um ihre Schulter.

Lisbeth erzählte weiter: »Die doofe Tanne ist heute Nacht umgefallen. Beim Sturm. Der Zaun ist futsch. Pucki und Puck sind vor lauter Angst in den Wald gerannt! Rehe sind unglaublich schreckhaft!«

»Sucht dein Papa nach den Rehen?«, fragte Lilian und schaute sich um. Ein Förster war weit und breit nicht zu sehen.

»Pah!«, machte Lisbeth. Eine besonders dicke Träne kullerte über ihre Backe. »Papa ist in Berlin. Bei der Forstmesse. Mit Buddy, unserem Jagdhund.«

Anni fragte: »Und warum sucht das megatolle Fußballkleeblatt nicht nach deinen Rehen?«

Das kleine Mädchen schluchzte wieder auf: »Kein Mensch sucht nach meinen Rehen«, rief sie. »Anscheinend ist das Aufräumen der doofen Tanne viel wichtiger. Dabei braucht Puck doch dringend seine Flasche!« Ganz verzweifelt guckte sie.

»Pscht!«, machte ich und streichelte ihren Kopf. »Wir helfen dir!«

Lilian starrte mich an. Dann formte er fast unhörbar mit seinen Lippen: *die Lachblume!*

Ich zuckte mit den Achseln. Wir *mussten* Lisbeth helfen. Pucki und Puck waren in Gefahr. Danach konnten wir immer noch die Lachblume suchen. Die lief uns ja nicht

weg. Und sie brauchte schließlich auch keine Flasche! Der arme kleine Puck aber schon. Außerdem waren hier sowieso viel zu viele Leute unterwegs. Wie sollten wir da unauffällig suchen? Deshalb sagte ich: »Wir haben doch Floh. Er hat die beste Hundespürnase der Welt. Echt und ungelogen. Floh findet jedes Reh!«

Anni prustete los und zeigte auf Floh, der neben ihr im Gras saß. »Die sture Langwurst?«

»Klaro!«, sagte ich und linste wieder am Traktor vorbei. Die Arbeiter hatten uns noch nicht bemerkt. Das konnte sich aber jeden Moment ändern. »Also«, fragte ich deshalb. »Wo könnten deine Rehe denn sein?«

Lisbeth guckte mich groß an. »Na, im Wald!«, sagte sie. »Und ich kann mit meinen Krücken nur auf den Waldwegen bleiben. So finde ich die Rehe bestimmt nicht.« Bekümmert schaute sie an sich runter.

»Aber *wir* können in den Wald«, stellte ich fest und guckte meine Freunde an. Die nickten. Also sagte ich zu Lisbeth: »Und du hältst hier die Stellung.«

»Ihr braucht Puckis und Pucks Geruch«, sagte Lisbeth und zeigte auf Floh. »Damit er die Fährte aufnehmen kann.« Sie packte ihre Krücken und stemmte sich in die Höhe. »Kommt mit!«

Das Mädchen führte uns um das Forsthaus herum. Auf

die Seite, auf der keine Tanne lag. Das war gut. Jetzt öffnete Lisbeth die Tür einer kleinen Holzhütte. »Hier drinnen steht der Korb, in dem Puck als kleines Baby lag. Der riecht bestimmt nach ihm. Floh muss nur dran schnuppern. Und schon kann er die Fährte aufnehmen. So macht Papa das immer mit Buddy.«

Ich führte Floh zum Körbchen, und er schnüffelte sofort interessiert darin herum. Sein langer Dackelschwanz zuckte hin und her, hin und her.

»Such, Floh, such!«, feuerte ich den Dackel an.

»Es klappt!«, rief Lisbeth freudig. »Er mag den Geruch!«

Floh zerrte jetzt an der Leine. In Richtung der dichten Bäume neben dem Forsthaus.

Lisbeth rief: »Hinterher!«

Mit meiner freien Hand winkte ich dem Mädchen zu. Bevor ich zwischen den Bäumen eintauchte, konnte ich noch einen Blick auf die Waldarbeiter werfen. Dann verschluckte uns der Wald.

Floh war ganz aus dem Häuschen. Komisch kläffend wetzte er zwischen den mächtigen Bäumen hindurch. Durchs Gestrüpp. Über Stock und Stein. Und um ganz schön viele umgeknickte Bäume herum.

»Wartet!«, brüllte irgendwann Anni hinter uns. Der Schnelligkeitszauber nützte hier nichts. Wegen der Bäume und Büsche und Äste und Ranken kamen wir nur ganz langsam voran.

»Stopp, Floh«, brüllte ich dem Dackel zu und hielt mich an einem dünnen Baumstämmchen fest.

Endlich standen alle still. Anni zeigte auf ihre nackte Wade. Die war ganz rot. Mit lauter weißen Hubbeln drauf. Sie kratzte und kratzte. »Brennnesseln«, sagte sie und fluchte wild. »Floh hat bestimmt eine falsche Fährte in der

Nase. Von einem Hasen oder so. Nur ein Hase passt hier durch das Dickicht. Oder ein Fuchs.«

Tja. Ich leckte über einen blutigen Striemen auf meinem Unterarm. Floh hatte uns durch dichtes Brombeergestrüpp gezerrt.

»Trotzdem«, sagte Lilian. »Wir suchen weiter. Wenn wir die Försterrehe finden, tauschen wir sie gegen die Lachblume ein!«

Anni stöhnte. Ich fand den Plan nicht schlecht. Also ging es weiter. Auf und ab. Durch einen Bach. Und durch eine Kuhle. Über Geröll.

»Ist das nicht der Felsen von vorhin?«, fragte Lilian. Da waren wir schon ewig unterwegs.

»Stimmt!, sagte Anni. »Er sieht aus wie eine Pyramide. Den Felsen habe ich mir gemerkt.« Sie setzte sich auf einen großen Stein und rieb sich Spucke auf die Brennnesselpunkte. »Hier finden wir keine Rehe. Die können sich ja auch prima verstecken. Bei all den Bäumen.«

Ich setzte mich neben meine Freundin. Mir tat der Arm weh. Der, an dem Floh die ganze Zeit zerrte.

»Ich habe Hunger«, verkündete Anni. Sie kruschtelte im Rucksack. »Jeder bekommt einen Keks. Zur Stärkung!«

»Wo sind wir überhaupt?«, fragte Lilian kauend und drehte sich im Kreis.

Ich guckte mich um. Überall Bäume. Und Büsche. Und Farne. Und ab und zu ein Felsen.

»Das weiß nur Floh allein«, sagte ich. Und schluckte.

Anni fragte mit großen Augen: »Heißt das, wir haben uns verlaufen? Und nur *Floh* kann uns zurückbringen? Na, herzlichen Glückwunsch!« Sie hielt die Kekspackung hoch. »Wir werden verhungern. Wir haben nur noch drei Kekse.«

»Nie und nimmer!«, sagte ich energisch und stand auf. »Wir gehen einfach den Weg zurück, den wir gekommen sind. Ruck, zuck sind wir wieder beim Forsthaus. Du wirst schon sehen!«

Aber leider gab es ja überhaupt keinen Weg. Nicht einmal einen Pfad. Und unsere Fußspuren konnten wir auf dem erdigen Waldboden auch nicht finden.

»Wir sollten die Kekse zerkrümeln und eine Spur legen«, schlug Lilian vor. »Wie Hänsel und Gretel.«

»Nix da!«, rief Anni empört. »Wir verplempern doch nicht unsere Notration! Aber wir haben das Handy. Wir können unsere Mamas anrufen.«

»Dann dürfen wir nie wieder allein in den Wald«, antwortete ich. Obwohl ich liebend gerne meine Mama angerufen hätte. Weil ich wirklich überhaupt keine Ahnung hatte, wo wir steckten. Also liefen wir weiter.

»Hääänsel und Greeetel verirrten sich im Wald«, sang Anni. »Es war so finster und auch so bitterkaaalt!«

Lilian fiel ein: »Sie kamen an ein Häuschen …!«

»Das wäre mal schön«, stellte ich fest. »Ein Försterhäuschen könnten wir jetzt gut gebrauchen!«

»Da ist schon wieder der Pyramidenfels!«, rief Anni.

Und wirklich: Vor uns ragte der graue Riese zwischen den Baumspitzen hervor. Der Angstbär in meinem Bauch richtete sich auf. Und brummte leise.

»Mistiger Mist!«, sagte Lilian. Auch er guckte ängstlich.

Genau in dem Moment klingelte das Handy.

»Na?«, fragte Mama. »Was macht ihr Schönes?«

Ich schluckte laut.

»Äh«, machte ich dann. »Uns geht es gut. Äh! Wir streicheln die Ziegen.«

Lilian und Anni schauten mich mit großen Augen an. Ich legte einen Finger auf meine Lippen.

»Schön!«, antwortete Mama. »Und wann kommt ihr zurück? Oder sollen wir euch abholen?«

Auf keinen Fall!

»Nicht nötig«, sagte ich schnell. »Wir kommen, wenn wir hier fertig sind. Also, wenn wir auch die Schweine gestreichelt haben. Und gefüttert.«

»Gut!«, sagte Mama. »Denkt an das Lagerfeuer, das wir

nachher machen wollen. Bringt doch diesen Jungen mit. Lilian. Genau. Das wäre doch schön!«

»Ja, ja«, antwortete ich schnell. »Ich frag ihn. Tschüüüs!«

Ich ließ das Handy sinken und starrte meine Freunde an. »Jetzt haben wir ein riesiges Problem.«

»Pscht!«, machte Lilian und hob den Zeigefinger.

Ich lauschte. Sekundenlang.

»Haaallo!«, hörte ich schließlich eine tiefe Männerstimme rufen.

Gleichzeitig brüllten wir drei Freunde los: »Haaallooo! Hier sind wir. Haaallooo!«

»Hallo!«, hörten wir wieder die Männerstimme. »Kommt hier rüber.«

Wir preschten durchs Unterholz. Zweige knackten. Immer wieder landete einer in meinem Gesicht. Aber ich merkte es kaum. Weil ich unbedingt bei dieser Stimme ankommen wollte.

Und dann sah ich ihn: Bauer Klaus. Breitbeinig stand er unter einer großen Eiche und kratzte sich den Latzhosenbauch. Oh, wie war ich froh. Und Anni und Lilian auch, das sah ich genau. Lilian packte sogar Bauer Klaus' große Pranke und schüttelte sie freudig.

Der große Mann brummte: »Könnt froh sein, dass ich

euch gefunden hab. Hätten sonst die Bergwacht rufen müssen. Leichtsinnig!«

Er zog sein Handy aus der Latzhosentasche und sprach: »Hab sie!«

Schwupps, verschwand das Gerät wieder, und Bauer Klaus stapfte mit großen Schritten durch den Wald. Wir Kinder wetzten hinterher. Mit Floh, ist ja klar. Bald gelangten wir auf einen schmalen Pfad.

»Wir haben doch Pucki und Puck gesucht«, versuchte ich, dem Mann zu erklären. Besser gesagt, erklärte ich es seinem Rücken. Aber der marschierte einfach weiter. Schon erreichten wir einen breiten Weg. Dann tauchte das Forsthaus vor uns auf. Und Maria, Lisbeth und das Fußballkleeblatt.

»Wir waren überhaupt nicht so weit weg vom Forsthaus«, raunte ich Lilian zu.

»Gott sei Dank!«, rief Maria, als sie uns erblickte. »Ich habe mir solche Sorgen gemacht! Bei den Sturmschäden ist es im Wald gefährlich! Vor allem, wenn man sich nicht auskennt!«

Lisbeth saß auf der Treppe vor dem Haus und guckte zerknirscht. »Ich habe vergessen, dass ihr neu im Wiesental seid«, sagte sie. »Habt ihr meine Rehe gefunden?«

Ich schüttelte den Kopf.

Maria sagte mit strenger Stimme: »Lisbeth! Deine Rehe werden von allein zurückkommen. Du kannst nicht einfach Kinder in den Wald schicken, um sie zu suchen! Vor allem, wenn sie sich hier nicht auskennen!« Schwungvoll drehte sie sich um und marschierte zu Bauer Klaus und seinem Traktor.

»Und was ist mit Puck?«, brüllte Lisbeth ihrer Mutter hinterher. »Er braucht seine Flasche. Bestimmt ist er schon ganz schwach. Oder es schnappt ihn ein wildernder Hund!« Ganz rot war die arme Lisbeth im Gesicht. Aber Maria unterhielt sich angeregt mit Bauer Klaus und beachtete die wütende Tochter nicht weiter.

Lisbeth schniefte. »Wer sucht denn jetzt Pucki und Puck?«

Inzwischen hatte sich auch das neugierige Fußballkleeblatt um uns versammelt.

Der bullige Josef grinste blöde. »Die Blumenmädchen kannst du auf jeden Fall nicht in den Wald schicken«, sagte er.

»Ach ja?«, fragte Anni. »Da wundere ich mich doch sehr, dass so tolle Fußballhechte doof herumstehen, anstatt im dusteren Wald nach kleinen Rehen zu suchen. Mutig, sehr mutig. Ich muss schon sagen!«

»Duuu!«, sagte Josef und hob seine geballte Faust.

Dann schnüffelte er. »Wer stinkt hier so? Irgendwie nach Wurst.«

Anni richtete sich kerzengerade auf. Und schüttelte ihr Pantherhaar. »Vorschlag!«, sagte sie mit ernster Stimme: »Wer als Erstes die Rehe findet, hat einen Wunsch offen. Fußballkleeblatt gegen Blumenkleeblatt. Drei gegen drei. Total gerecht!«

Wie jetzt? Ich schluckte aufgeregt. Wir hatten uns gerade erst im Wald verlaufen. Wie Hänsel und Gretel.

Das Fußballkleeblatt stand uns gegenüber. Josef mit verschränkten Armen. Michel kratzte sich das schwarze Stoppelhaar. Nur die ellenlange Toni grinste. Und ihre Augen blitzten, als sie sagte: »Was für ein interessanter Vorschlag!« Dann wandte sie sich an ihre Kumpels. »Wir sollten einschlagen. So eine Chance kommt nicht wieder. Ich meine, dass man sich von Blumenkindern was wünschen kann.« Sie kicherte. »Falls sie es wieder aus dem Wald herausschaffen!«

»Stimmt«, sagte Josef und klatschte seine Freundin ab.

Michel zögerte etwas, das sah ich ganz genau.

Aber dann flehte Lisbeth: »Bitte, bitte, findet Pucki und Puck!«

Und da hob auch Michel seine Hand und ließ sich abklatschen. »Alles klar!«, meinte er.

Toni zeigte mit ihrem langen Finger auf uns Blumenkinder und zischte: »Wer bis morgen die Rehe gefunden hat, ist der Gewinner! Die Wette gilt!«

Ich schluckte den Kloß im Hals herunter. Oder eher die dicke Kröte, die da hockte. Und das arme Tier rutschte bis runter zum Angstbär in meinem Bauch.

Die Erwachsenen hatten nichts von unserer Wette mitbekommen.

»Sooo!«, rief Bauer Klaus zu uns herüber. »Alle Wiesenhofkinder auf den Hänger. Wir fahren.«

Wie jetzt?

»Bauer Klaus setzt euch am Wiesenhof ab«, erklärte Maria.

Der große Mann scheuchte uns wie Hühner auf den langen Anhänger. »Setzen und festhalten!«, brummte er.

Und dann rumpelten wir auch schon los. Ich winkte Lisbeth zu. Sie schaute etwas weniger unglücklich drein als zuvor. Aber klar, es gab jetzt ja auch zwei Suchtrupps für ihre Rehe! Da konnte sie Hoffnung haben.

Das Fußballkleeblatt stand tuschelnd zusammen.

»Die suchen jetzt bestimmt *sofort* die Rehe!«, brüllte ich gegen das Rattern und Knattern des Traktors an. Lilian guckte finster.

Aber dann sah ich, wie Maria die Fußballer in Richtung

der Tannenreste scheuchte. Sie hatten erst einmal weiter mit Aufräumarbeiten zu tun. Das war gut!

Schon tauchten wir zwischen den Bäumen ein, und ich sah nur noch Grün. Der Traktor tuckerte die Teerstraße entlang. Und wir schlingerten und rumpelten auf dem Anhänger mit.

»Mein armer Po!«, rief Anni und umklammerte das Geländer. Ich umklammerte Floh auf meinem Schoß. Endlich wurden die Bäume weniger. Grüne Wiesen tauchten auf. Und dann hielt der Traktor mit laufendem Motor vor dem Wiesenhof. Bauer Klaus hob zum Abschied die Hand. Wir mussten ohne Hilfe vom Hänger klettern. Das war gar nicht so einfach. Kaum standen wir auf der Straße, rumpelte der Traktor auch schon weiter.

»Unhöflicher Kerl«, sagte Anni und rieb sich das Hinterteil.

»Wir sind geliefert«, sagte Lilian. Richtig verzweifelt guckte er. »Die Lachblume ist verloren!«

Ich zog ihm einen Grashalm aus den Locken und sagte: »Lagebesprechung. Jetzt sofort. Ein Plan muss her!«

Die Lagebesprechung hielten wir dann im Stall ab. Besser gesagt auf dem Heuboden über dem Stall.

»Hier sind wir ungestört«, erklärte Lilian und ließ sich ins weiche Heu plumpsen. An den Seiten des Heubodens türmten sich die Heuballen meterhoch. Und es roch sommersonnenwiesensüß. So, dass man Annis Wurstgeruch fast nicht mehr bemerkte. Bei all dem Duft. Floh kringelte sich sofort zusammen.

»Selbst der Turbodackel ist mal müde«, sagte Anni und setzte sich in einigem Abstand auf einen Heuballen.

Ich war nicht bei der Sache. Weil in meinem Kopf mal wieder die Ideenmurmeln wie in einer Achterbahn umherflitzten. Ohne Ergebnis.

»Warum guckst du so verzweifelt?«, fragte Anni mich. »Es ist doch alles ganz einfach: Wir suchen und finden die Rehe. Damit ist die Wette gewonnen. Und was wünschen wir uns dann von den cleveren Fußballern? Genau, die Lachblume. So einfach ist das!«

Lilian und ich starrten Anni an. Lilian fand als Erster die Sprache wieder. »Ach ja?«, fragte er. »Und wie willst du die Rehe finden? Herbeizaubern? Oder Floh schnell zum *richtigen* Suchhund ausbilden? Wir verlieren die Wette. So sieht's aus. Und dann müssen wir den Fußballern auch noch irgendeinen doofen Wunsch erfüllen!«

Anni strahlte uns mit ihrem breiten Mund an. Wie Pippi Langstrumpf sah sie aus. Nur mit schwarzem Haar. Aber gut.

»Wir haben doch deine Yetiessenz, Lilian«, sagte sie. »In unserem Notfallsäckchen. Damit können wir kilometerweit riechen. Und im Dunkeln sehen und hören wie ein Luchs. So finden wir die Rehe! Ganz einfach!«

Wieder starrten Lilian und ich unsere fröhliche Freundin an. Hatte sie zu viel Sonne abbekommen?

Ich räusperte mich zweimal kräftig und antwortete: »Anni, wir können schlecht eine Woche als haarige Yetis herumrennen. So lange wirkt doch eine Essenz. Unsere Mamas würden uns bei dem Anblick sofort ins Krankenhaus bringen.«

Lilian nickte. »Das Zauberblumengeheimnis wäre dann erst recht in Gefahr«, sagte er.

Und ich ergänzte: »Außerdem soll man die Kraft der Zauberblumen zum Helfen einsetzen. Nicht, um eine Wette zu gewinnen.«

Anni sprang auf: »Aber wir helfen doch! Wir finden die Rehe von der armen, kleinen Lisbeth. Und wir helfen Viola, wenn die Lachblume wieder in der Scheune steht. Und wir wahren das Zauberblumengeheimnis, weil Violas Gäste am Freitag nicht spuckend über den Hof rennen. Also bitte!«

Lilian zog an seiner Locke.

Anni ging vor uns in die Hocke und raunte: »Wenn wir die Rehe als haarige Yetis gefunden haben, nehmen wir einfach etwas von Emilias Aufhebungszauber. *Schwupps*, sehen wir wieder wie ganz normale Kinder aus!«

Mucksmäuschenstill war es plötzlich auf dem Heuboden. Sogar Floh hatte sein Schnarchen unterbrochen.

Und dann sprang Lilian mit einem lauten Johlen auf Anni drauf und rief: »Genial!«

Jetzt wälzten sich die beiden im Heu. Und lachten und lachten.

Ich konnte noch nicht so wirklich lachen. »Der Plan ist nicht schlecht«, sagte ich. »Nur leider schlafen Anni und ich auf einer Empore. Direkt über unseren Mamas. Da können wir niemals nie davonschleichen. Noch nicht einmal fast unsichtbar. Weil die Leiter so knarzt. Und weil Floh Theater macht, wenn wir ihn allein auf der Empore lassen.«

Lilian grinste. »Da habe ich eine Lösung: Ihr übernachtet bei mir. Wir schlafen hier auf dem Heuboden.«

»Toll!«, rief Anni. »Und ohne die olle Langwurst!«

Ich bemerkte: »Mama findet es schon doof, dass Anni und ich den ganzen Tag allein unterwegs sind. Ich weiß nicht, ob sie uns hier übernachten lässt!«

»Stadtkinder müssen unbedingt mal im Heu übernachten«, erklärte Lilian mit erhobenem Zeigefinger. »Am besten ruft meine Mama bei euren Mamas an und fragt für uns.«

Die Idee war toll. Und es war wirklich die einzige Möglichkeit, die Rehe zu finden und das Problem mit der Lachblume zu lösen. Außerdem könnten wir so viel mehr

Zeit mit Lilian verbringen! Deshalb sagte ich: »Lasst es uns probieren!«

Viola fand die Idee mit der Heubodenübernachtung einfach wunderbar. Und tatsächlich schaffte sie es, Renate und meine Mama zu becircen. Das lag bestimmt an ihrer Engelsstimme.

»Dann kommt jetzt aber die ganze Truppe zum Abendessen zu uns auf die Huber-Hütte«, verkündete Mama zum Schluss des Telefonats. »Die Würste und Renates Kartoffelsalat reichen für alle.«

Viola holte noch den letzten Kuchen aus dem Ofen. Dann quetschten sich Viola, Emilia, Lilian, Anni, Floh und ich ins Auto, und wir tuckerten in Zeitlupe den Berg hinauf.

Es wurde ein richtig, richtig schöner Abend. Mit Lagerfeuer und Stockwürsten, Kartoffelsalat und Limonade. Alle aßen und lachten und erzählten wild durcheinander. Und als es dunkel wurde und die Sterne langsam aufleuchteten, warfen Anni und ich unsere Schlafsäcke und Taschen ins Auto.

»Du musst leider bei den Mamas bleiben«, erklärte ich Floh. Der guckte sehr, sehr traurig. Aber darauf konnten wir natürlich keine Rücksicht nehmen.

Dafür durfte Hexe Luda mit. Ist ja klar! Sie steckte im roten Rucksack, als wir wenig später laut singend im Auto bergab rollten. Zurück zum Wiesenhof. In meinem singenden Körper wuselten unzählige Ameisen herum. Vor lauter Aufregung. Denn erstens hatte ich noch niemals nie im Heu geschlafen. Und zweitens stellte ich mir den Wald in der Nacht noch tausendmal unheimlicher vor als Herrn Bovists Garten.

Im mondbeschienenen Dunkel saßen Anni, Lilian und ich auf dem Heuboden und starrten aus der bodentiefen Dachluke des Heubodens hinüber zum Wohnhaus. Hexe Luda hob sich als krummer Schatten vor der Öffnung ab.

»Jetzt hat Mama das Licht ausgemacht«, sagte Lilian.

Anni gähnte laut. Auch ich merkte, wie die Müdigkeit meine Beine nach oben kroch. Meine Augendeckel wurden schon ganz schwer.

Lilians Stimme schreckte mich auf. »Los geht's! Holt eure Notfallsäckchen raus!«

Im Schein der Stirnlampe zog ich meinen grünen Lederbeutel aus der Hosentasche. Die Gutzis klackerten leise aneinander, als ich die Riemen auseinanderzog. Lilians Yetiessenz steckte im roten Gummibärchen.

Ich schnüffelte daran.

»Macht schon!«, sagte Lilian mit ungeduldiger Stimme.

»Und wenn der Aufhebungszauber nicht wirkt?«, musste ich fragen. In meinem Bauch hockte ein komisches Gefühl. Schließlich verwandelte man sich dank Lilians Essenz in ein haariges Monster. »Dann ist das Zauberblumengeheimnis genauso in Gefahr. Weil wir eine Woche lang Yetis sind.«

»Tilda«, sagte Lilian, »Oma Emilia ist die beste Züchterin aller Zeiten. Sie hat den Aufhebungszauber erfunden und erforscht. Er wirkt ganz bestimmt!«

Und weil Anni und Lilian schon an ihren Gummibärchen kauten, schob ich mir schließlich auch meins in den Mund. Lecker. Der Lichtkegel meiner Stirnlampe erfasste meine Freunde. Zwei pelzige Wesen mit zuckenden Nasen guckten mich an. Ein gruseliger Anblick. Echt und ungelogen!

»Hohohooo!«, lachte Anni ihr tiefes Weihnachtsmannlachen, und die riesigen Knubbelohren wippten im Takt. »Tilda, du siehst zum Schreien aus.«

»Selber!«, sagte ich und warf eine Handvoll Heu nach meiner haarigen Freundin. Das war gar nicht so einfach. Weil meine Klamotten plötzlich so eng saßen. Mit all den Haaren drunter. Und weil meine Finger mit langen Kral-

len bestückt waren. Da war es schwierig, die Halme zu packen.

Anni schleuderte natürlich sofort duftendes Heu zurück. Eine wilde und haarige Heuschlacht startete. Sooo lustig war das. Weil die ganzen Halme in unserem Fell hängen blieben.

»Stooopp!«, rief ich irgendwann.

Lilian schüttelte sich. »Wir sollten los!«, sagte er. »Als strohige Yetis sind wir am allerbesten getarnt!«

Und das stimmte natürlich.

Nacheinander stiegen wir die steile Leiter nach unten. Ganz ohne Stirnlampenbeleuchtung. Weil ich mit meinen Yetiaugen prima gucken konnte. Also: nicht in Farbe, wie bei Sonnenschein. Nein, ich sah alles in Grautönen. Aber sehr, sehr deutlich!

»Ist ja toll!«, sagte auch Anni und zeigte auf eine Maus, die über den Hof huschte. »Guckt mal, wie die Mauseaugen leuchten. Gelb. Ich kann sehen wie eine Raubkatze.«

»Und ich rieche dich enorm!«, stellte ich fest.

Annis wurstiger Duft waberte *noch* stärker. Als ob meine

Yetinase in einem von Papas Leberwurstbroten steckte. Fast wurde mir schlecht. Aber dann musste ich Lilian hinterherwetzen, weil der schon den Hof überquerte und sich durch das Gatter quetschte. Jetzt zischten drei haarige Wesen die dunkle Straße entlang. Die langen Flusen meiner Yetibehaarung wehten mir in die Augen. Und in die Nase. Schon tauchten wir in den Wald ein. Und was soll ich sagen: Ich sah alles! Trotz der Walddunkelheit. Da vorne huschte ein Fuchs über die Straße. Ich erkannte ihn an seinem buschigen Schwanz – zwar grauschwarz, aber gut sichtbar. Wenig später segelte eine Eule mit weit ausgestreckten Schwingen über uns hinweg.

Huhuuu!, machte sie.

Hier und da raschelte es im Gebüsch. Ein Schnauben und Grunzen drang an mein Yetiohr. Aber das Beste war: In mir regte sich höchstens ein winzig kleines Fünkchen Angst. Weil ich mich bärenstark fühlte. Oder yetistark.

Als das Forsthaus auftauchte, machte Lilian eine Vollbremsung. »Achtung!«, raunte er und zeigte zum Rand der Forsthauslichtung. Und da sah ich es: ein Reh. Es stand mucksmäuschenstill. Nur die großen Ohren zuckten in unsere Richtung.

»Pucki?«, flüsterte Anni.

»Bestimmt!«, antwortete ich.

»Das war ja eine kurze Suche«, raunte Anni.

»Aber wo ist Puck?«, fragte ich leise.

»Vielleicht liegt er im Gras?«, vermutete Anni.

»Wir pirschen uns langsam an«, schlug Lilian mit Flüsterstimme vor. »Aber vorsichtig! Nicht, dass die Rehe vor lauter Angst zurück in den Wald rennen.«

Ich bemerkte: »Sie sind doch an Menschen gewöhnt.«

Anni kicherte leise. »Wir sehen aber kein bisschen wie Menschen aus!«

Das stimmte natürlich. Und eine von uns roch noch nicht mal wie ein Mensch. Sondern wie eine Wurst. Aber gut.

»Wir schnuppern an Hexe Luda«, fiel mir ein. »Fast unsichtbar kommen wir näher heran.«

»Prima Idee!«, wisperte Lilian.

Wir beide guckten Anni an.

»Äh!«, machte die. »Ich habe keinen Rucksack mit Hexe auf dem Rücken!«

Ich schluckte. »Wie jetzt?«, musste ich fragen. »Du hast doch immer den Rucksack mit der Unsichtbarkeitsblume getragen. Und ich den Flohkorb!«

Annis grauschwarze Nachtgestalt zuckte mit den Achseln. »Ich habe vor lauter Yetizauber nicht dran gedacht. Und ihr ja wohl auch nicht!«

Das stimmte.

»Mistiger Mist!«, raunte Lilian und zog an einem Haarflusen.

Ich atmete ganz tief in meinen Bauch. Zur Beruhigung. Dann guckte ich zu Pucki. »Gut!«, flüsterte ich, »versuchen wir es eben sichtbar.«

Langsam und in Zeitlupe schlichen wir los. Am Waldrand entlang. Jetzt flatterte mein Herz doch etwas. Nicht aus Angst, sondern vor lauter Aufregung.

Pucki regte sich nicht.

»Stopp!«, hauchte Lilian plötzlich. »Da liegt kein Puck im Gras. Wir müssen nicht näher an Pucki ran.«

Zur Sicherheit ließen wir unsere Blicke nochmals über die Lichtung streifen. Nichts. Kein kleines Rehkitz weit und breit.

»Und jetzt?«, fragte Lilian leise.

Ich überlegte angestrengt. »Es hilft alles nichts. Wir müssen Puck finden. Weil er seine Flasche braucht. Und weil wir die Wette nur gewinnen, wenn beide Rehkinder gerettet sind.«

Meine Yetifreunde nickten im Dunkeln. Also fuhr ich fort: »Wir durchsuchen als Erstes den Waldstreifen rund um die Forsthauslichtung. Dafür teilen wir uns auf. Jeder läuft einen Abschnitt ab, dann geht es schneller. Ich

denke, dass Puck ganz in der Nähe von Pucki ist. Vielleicht ist er einfach zu schwach, um es bis auf die Lichtung zu schaffen.«

»Alles klar!«, raunte Lilian. »Aber wir machen ein Zeichen aus. Falls jemand Hilfe braucht und die anderen schnell kommen sollen.«

Und da hatte er einfach recht.

»Wenn alles in Ordnung ist, machen wir ab und zu *Huhuuu*. Wie eine Eule«, schlug Anni vor. »Das fällt hier im Wald nicht weiter auf.«

Die Idee war prima.

»Und wenn jemand in Not ist, heult er wie ein Wolf«, sagte Lilian. »Dann müssen die anderen sofort kommen.«

Anni streckte ihre Arme aus. »Tilda, Anni, Lilian – auf jeden von uns kommt es an!«

Und dann strömten wir aus. Mutterseelenallein tauchte ich in den dusteren Wald neben dem Rehgehege ein. Anni verschwand hinter dem Forsthaus. Und Lilian schlug sich auf der anderen Seite des Weges ins Gebüsch.

Kurz blieb ich zwischen den dunklen Bäumen stehen und schaute mich um. Nichts. Plötzlich raschelte es hinter einem dicken Stamm. Sofort schreckte der kleine Angstbär in meinem Bauch auf. Was, wenn es hier im Wald irgendwelche komischen Waldgeister gab? Oder echte

Hexen? Oder einfach ein riesiges Wildschwein? Die sind saugefährlich! Auch für Yetis!

»Huhuuu!«, hörte ich es nicht weit von mir. Eindeutig Anni.

»Huhuuu!«, antwortete ich und legte dabei meine Hände als Trichter um den Mund. Richtig schön schaurig hörte sich das an.

»Huhuuu!«, machte es aus der anderen Richtung. Das konnte nur Lilian sein.

Etwas beruhigt machte ich ein paar Schritte um die ersten Bäume herum.

Auf dem Waldboden konnte ich mit meinen Yetiaugen dunkle Steine erkennen. Waren das wirklich nur Steine oder lag da vielleicht auch ein Rehbaby dazwischen? Ich knipste vorsichtshalber meine Stirnlampe an. Es waren große und kleine Steine, kein Reh. Schade! Also weiter. Ich ließ meinen Lichtstrahl über den Boden gleiten, hin und her, her und hin. Wie einen Blindenstock. Weit und breit war kein kleiner Puck zu entdecken. Immer wieder huhuten wir.

»Puck«, flüsterte ich irgendwann verzweifelt. »Wo steckst du nur? Wir wollen dich retten!«

Und was soll ich sagen: Genau in dem Moment streifte mein Lichtkegel ein braunes Fellbüschel. Es lag zusammengekauert am Boden, direkt neben einem ausladenden Farn. Bewegungslos. Nur die großen Ohren zuckten.

»Puck«, hauchte ich und knipste blitzschnell die Lampe aus. Damit das Reh mich nicht gleich in meiner ganzen Yetipracht erblickte und vor Schreck tot umfiel. Außerdem konnten meine starken Augen das Tier jetzt im Dunkeln ausmachen. Mein Hirn arbeitete auf Hochtouren: Sollte ich Wolfsgeheul anstimmen, damit Anni und Lilian kamen?

»Lieber nicht«, antwortete ich mir leise. »Rehe fürchten sich ja wohl vor Wölfen.«

Und dann näherte ich mich einfach leise und sacht dem kleinen Puck und nahm ihn auf meine yetistarken Arme. Er zappelte nur kurz mit seinen langen dünnen Beinen. Dann hielt er mucksmäuschenstill.

»Du hast überhaupt keine Kraft mehr, oder?«, raunte ich sanft. »Gleich gibt es ein leckeres Fläschchen. Und – *schwupps* – geht es dir wieder blendend!«

Vorsichtig manövrierte ich uns um die Bäume herum und wich Steinen aus. Hochkonzentriert war ich. Wie bei einer Mathearbeit. Endlich quetschte ich mich durch die letzten Büsche hindurch und stand auf der Lichtung. Die wartende Pucki hatte sich keinen Zentimeter von der Stelle gerührt. Also trug ich Puck vorsichtig und sehr, sehr langsam immer näher zu Pucki heran. Wieder zuckten ihre Ohren wie verrückt. Und dann legte ich Puck ins Gras.

»Bleib einfach liegen«, raunte ich und entfernte mich rückwärts. Es durfte jetzt nichts schiefgehen. Aber Puck regte sich nicht. Nur sein Kopf und die Ohren drehten sich in meine Richtung. Ich war fast am Weg angekommen, als es wieder huhuuute.

Da legte ich meinen Kopf in den Nacken und stieß ein kurzes, aber knackiges Wolfsgeheul aus.

Nur Sekunden später stürmten Lilian und Anni auf die Lichtung. Ich hob schnell die Arme. »Pschschscht!«,

machte ich. »Ich habe Puck gefunden. Er liegt jetzt neben Pucki im Gras und braucht unbedingt seine Flasche. Ich glaube, er ist ziemlich schlapp!«

Zu dritt starrten wir zu den Rehen am Waldrand.

»Wir wecken Lisbeth«, sagte Anni in die Stille hinein. »Sie kennt sich am allerbesten mit ihren Rehen aus.«

Lilian wisperte: »Wir sind aber Yetis, schon vergessen?«

»Anni hat recht«, warf ich nach kurzem Überlegen ein. »Puck braucht dringend seine Flasche. Das ist jetzt am wichtigsten. Und Lisbeth ist der Rehkitzprofi. Wir wecken sie einfach so geschickt, dass sie uns nicht zu sehen bekommt. Es geht um Leben und Tod!«

Lilian grummelte noch etwas. Aber dann folgten mir meine Freunde, als ich langsam zum dunklen Forsthaus schlich.

»Lisbeth hat doch erzählt, dass ihr Zimmer im Erdgeschoss ist«, raunte ich, als wir an der Hauswand standen. »Damit sie mit den Krücken nicht dauernd die Treppen erklimmen muss. Wir suchen einfach das richtige Fenster.«

Langsam schlichen wir an der Hauswand entlang. Beim ersten Fenster ließ ich blitzschnell meine Stirnlampe aufflammen. Und was soll ich sagen: Im hellen Lichtschein konnte ich lilafarbene Herzchenvorhänge sehen. Eindeutig ein Mädchenzimmer.

»Wir sind schon da!«, wisperte Anni mit freudiger Stimme.

Ich stellte mich auf die Zehenspitzen und streckte den Arm aus.

Pock, pock, pock, ließ ich meine Fingerknöchel gegen die Scheibe schlagen. Und noch einmal: *Pock, pock, pock!*

Nichts rührte sich.

»Lass mich mal«, raunte Anni und schob mich zur Seite. Und dann donnerte ihre Faust gegen das Fensterglas. Mehrmals hintereinander.

»Anni!«, rief ich und umklammerte ihren Arm. »Pscht! Du weckst das ganze Haus!«

Jetzt wurden die Herzchenvorhänge von innen beleuchtet.

»Siehst du!«, flüsterte Anni.

Drinnen im Zimmer schepperte es.

»Lisbeth?«, fragte ich mittellaut durch den Spalt des gekippten Fensters. »Hier draußen stehen Pucki und Puck.«

Ich lauschte.

»Lisbeth?«, fragte ich wieder.

»Wer ist da?«, fragte Lisbeths verschlafene Stimme zurück.

»Wir sind's, die Rehretter«, sagte Anni. »Äh, das Blu-

menkleeblatt. Komm schnell raus. Die Rehe warten direkt gegenüber von deinem Fenster am Waldrand.«

Stille.

Dann kreischte Lisbeths Stimme: »Maaamaaa! Maaamaaa! Maaamaaa!«

Erschrocken presste ich mir meine Krallenhände auf die Knubbelohren. Sooo laut schallte das Gekreische in meinen Gehörgängen. Über uns im ersten Stock gingen die Lichter an.

»Lisbeth!«, zischte ich aufgeregt. »Verrate niemandem, dass wir hier sind. Hast du verstanden? Sonst bekommen wir noch Ärger, so mitten in der Nacht!«

»Okay«, kam es von drinnen.

Schon polterten Schritte auf der Holztreppe.

»Was ist los?«, hörte ich jetzt eine Frauenstimme.

Das musste Maria sein. Sehen konnte ich wegen der Vorhänge ja nichts.

»Pucki und Puck sind wieder da«, erklang jetzt Lisbeths Stimme. Ganz ohne Kreischen. »Die Rehe stehen am Waldrand. Direkt gegenüber von meinem Fenster!«

»Du hast geträumt, mein Schatz«, sagte Maria sanft.

»Nein!«, kreischte Lisbeth. »Puck braucht seine Flasche!«

Ein Schatten tauchte auf der anderen Seite des Vorhangs auf. Und dann wurden die Stoffbahnen auseinandergezogen.

»Runter!«, zischte Lilian.

Wir warfen uns gleichzeitig auf den Boden. An die Hauswand gepresst hörten wir Michels Stimme: »Ich kann nichts sehen.«

O nein, Lisbeths Gebrüll hatte leider auch Michel auf den Plan gerufen.

»Okay«, sagte Maria, »Michel und ich gehen raus und schauen nach.«

Ich hörte die Zimmertür.

»Ab ins Gebüsch!«, raunte ich meinen Yetikollegen zu.

Als haarige Schatten huschten wir über die Lichtung. Direkt neben der Straße, die in Richtung Wiesental führt, duckten wir uns hinter einen halbhohen Busch.

»Der ideale Beobachtungsposten«, wisperte ich.

Von hier hatte man die Lichtung und das Forsthaus gut im Blick. Selbst den zusammengekringelten Puck konnte ich mit meinen Katzenaugen sehen.

Jetzt flammte die Lampe über der Haustür auf. Ein sehr, sehr helles Licht floss über die Lichtung. Trotzdem hatten Maria und Michel lange Taschenlampen in der Hand, als sie aus der Haustür traten.

»Schicker Schlafanzug«, flüsterte Lilian.

Unzählige Fußbälle bedeckten Michel, der barfuß in Richtung Bäume tapste. Jetzt erfasste der große Taschenlampenkegel Pucki. Sie zuckte zurück. Sofort knipste Michel seine Lampe aus.

»Da ist tatsächlich Pucki«, rief er seiner Mama mit gedämpfter Stimme zu.

Marias himmelblaues Nachthemd wehte hinter ihr her, als sie mit langen Schritten barfuß über die Wiese glitt.

»Pucki!«, sagte sie mit warmer Stimme. »Und da ist ja auch Puck!«

Lisbeth stand inzwischen an ihrem Fenster und rief: »Ich mache eine Flasche Milch warm!«

Neben mir knackte ein Ast. Unglaublich laut knallte das Geräusch durch die stille Nacht. Michel knipste seine Taschenlampe wieder an. Der Lichtkegel wanderte über die Büsche und Farne und Baumstämme. Und kam uns immer näher.

»Runter!«, zischte ich.

»Hallooo!«, rief Michel. Langsam ging er das Gebüsch ab.

Jetzt stand der Junge uns direkt gegenüber. Nur der Busch trennte uns. Ich hielt die Luft an. *Wumm! Wumm! Wumm*! machte mein armes Herz.

»Flucht!«, zischte Lilian.

Zweige knacksten, Laub raschelte, und ein Nachtvogel kreischte, als wir Yetis uns in Windeseile durch das Gestrüpp quetschten.

»Stopp!«, rief Michels Stimme irgendwo hinter uns.

Aber wir preschten weiter. Wie eine wilde Wildschweinhorde. Quer durch den Wald. Und wir bremsten erst wieder auf dem Heuboden ab.

»Mistiger Mist!«, hörte ich Lilian sagen und sah, wie sich sein Schatten keuchend auf den Schlafsack im Heu warf. »Die Lachblume ist verloren!«

Auch Anni ließ sich auf ihr Heubett fallen. »Wohl eher: Glück gehabt!«, sagte sie. »Die Rehe sind gerettet. Und morgen wünschen wir uns die Lachblume als Finderlohn!«

Ich plumpste auf meinen Schlafsack in der Mitte. Fix und fertig schloss ich meine müden Augen. Aber dann streckte ich doch noch einmal meinen Arm aus. Mit letzter Kraft zog ich mein Tagebuch aus dem Heuversteck hervor.

Mittwoch, 16. Juli

Pucki und Puck sind in Sicherheit. Der kleine Puck hat bestimmt schon seine Flasche ausgenuckelt und schläft sicher in seinem Unterstand. Das ist super! Nur die Lachblume ist leider immer noch irgendwo bei Michel.

Wahrscheinlich prächtig blühend. Das ist gefährlich. Ich sage nur: Zauberblumengeheimnis! Aber morgen lösen wir unsere Wette ein: Das Fußballkleeblatt muss die Blume rausrücken. Und ich hoffe schwer, dass es sich an unsere Abmachung hält!

Erschöpft ließ ich den Bleistift fallen. Eine Eule huhuuute. Eine Maus piepste in einer Ecke des Heubodens. Und wegen all der Geräusche und wohligen Heudüfte muss ich direkt auf meinem Tagebuch eingeschlafen sein!

Am nächsten Morgen erschrak ich fürchterlich. Weil mich ein haariges Monster aus meinen Träumen riss. Und mich aus weit aufgerissenen Augen anstarrte.

»Tilda!«, hörte ich Lilians Stimme viel zu laut in meinem Schädel dröhnen. »Wach auf. Wir haben den Aufhebungszauber vergessen!«

Da war ich hellwach. Entsetzt guckte ich meine Yetifreunde an. Ein Sonnenstrahl leckte durch die Dachluke an Annis langem Fell. Ihre Nase zuckte.

»Wir müssen unbemerkt in Omas Arbeitszimmer kommen«, erklärte Lilian aufgeregt und klopfte sich die Heuhalme aus der Ganzkörperbehaarung. »Wir brauchen den Aufhebungszauber! Sofort! Bevor Mama uns sieht!«

Schon stürzte er zur Leiter. Unten im Stall wartete er an

der Tür auf uns. Mit beiden Händen hielt er die riesigen Knubbelohren nach vorne geklappt. Wie Satellitenschüsseln. Auch ich lauschte. Und hörte es klappern. Jetzt rauschte Wasser.

»Oma und Mama sind in der Scheune«, raunte Lilian. »Wahrscheinlich versorgen sie die Pflanzen.«

Er winkte uns mit seiner Krallenpranke. Das war das Zeichen zum Aufbruch. Geduckt zischten Anni und ich hinter unserem haarigen Freund her. Schon war er im Wohnhaus verschwunden. Ich atmete auf, als ich endlich im dämmrigen Flur stand.

»Weiter«, raunte Anni und stupste mich in den Rücken. Also huschte ich mit klopfendem Herz durch den Flur.

In Emilias Arbeitszimmer stand Yeti Lilian vor dem Regal mit den tausend Fläschchen. Hektisch schob er die Gefäße hin und her. Glas klirrte.

»Pass mit deinen Krallen auf!«, sagte ich und hielt meine Pranken schützend vor das Regalbrett. »Sonst gibt es Scherben!«

Vor dem Fenster erklangen Stimmen.

»Emilia und Viola«, raunte Anni mit Blick auf den Hof. »Beeilt euch!«

Ich spitzte meine Yetiohren.

»Ich muss jetzt aber in der Küche weitermachen«, sagte

Viola gerade. »Bis morgen ist noch viel zu tun! Könntest du bitte nach den Kindern sehen?«

Schon stiefelte Lilians Mutter direkt an unserem Fenster vorbei. Im Arm hielt sie einen Blumentopf. Mit einer prächtigen und bunt blühenden Pflanze darin.

»Die Lamaspuckblume«, hauchte ich entsetzt. Der Angstbär in meinem Bauch zappelte nervös.

»Potz Blitz!«, sagte Anni und kratzte sich den Bauch. Dabei schabten die Krallen über ihr T-Shirt.

»Hier ist der richtige Zauber«, flüsterte in dem Moment Lilian. Er hielt das kleine, hellgrüne Fläschchen in die Höhe.

»Aufmachen! Schnell!«, sagte ich nur.

Aber das war mit den ewig langen Krallen gar nicht so einfach.

Anni öffnete die Arbeitszimmertür und linste durch den schmalen Spalt. »Viola scheppert in der Küche.«

Plopp, machte endlich der klitzekleine Korken. Schon leckte Lilian am Flaschenhals. Und was soll ich sagen: So schnell konnte ich gar nicht gucken, wie Lilian wieder zum ganz normalen Jungen wurde. Na ja, nicht normal. Sondern sehr, sehr hübsch. Aber gut. Ich riss ihm das Fläschchen aus der Hand und flitzte zu Anni. Die nahm einen großen Schluck.

»Nicht so viel!«, raunte ich.

Endlich war ich an der Reihe. Die Essenz schmeckte bitter. Es schüttelte mich richtig. Igitt! Aber meine Hand, die das Fläschchen umklammert hielt, war haarfrei. Und krallenfrei.

Ruck, zuck stand das Gefäß wieder auf dem Regalbrett. Lilian schob noch schnell die anderen Behältnisse zurecht, und alles sah aus wie vor unserem Besuch. Wir schauten uns atemlos an.

»Puh!«, machte Anni und schüttelte ihre schwarzen Pantherhaare. Leider schaute auf der einen Kopfseite zwischen den langen Haarsträhnen ein wirklich großes Knubbelohr heraus. Auch Lilian hatte es entdeckt.

»Mistiger Mist«, sagte er und starrte auf Annis Auswuchs.

Die tastete ihr riesiges Ohr ab. »Ist doch ganz praktisch«, sagte sie. »So kann ich mit einem Ohr immer noch phantastisch hören. Jetzt ruft zum Beispiel Emilia nach uns.« Sie richtete ihr Ohr in Richtung des Fensters aus.

»Raus hier«, sagte Lilian.

»Moment!«, antwortete ich. Auf Emilias Schreibtisch lag ein rotes Gummi. Aus Annis langen Haaren und dem Gummiband bastelte ich eine kunstvolle Frisur. Um das

Knubbelohr herum. Jetzt hing auf ihrer rechten Kopfseite ein üppiger Haarbusch.

»Da könnte man glatt einen Schatz drin verstecken«, bemerkte Lilian und guckte die Frisur bewundernd an.

Auch Viola war beeindruckt, als wir sie in der Küche fanden.

»Du bist heute aber schick!«, sagte sie zu Anni. »Und das nach einer Nacht im Heu!«

Lilians Mama schüttete gerade viele, viele bunte Blütenblätter in einen Topf mit dampfendem Wasser.

»Alles läuft nach Plan«, trällerte sie fröhlich. »Die Lachblume hatte prächtige Blüten. Da steckt geballte Zauberkraft drin. Den Lachsirup kann ich noch heute abfüllen. Aber jetzt setzt euch erst einmal an den Tisch und frühstückt ordentlich. Wie habt ihr geschlafen?«

Schon schob sie uns zum prächtig gedeckten Frühstückstisch.

Lilian kratzte sich während des gesamten Frühstücks den Bauch. Ja, er schubberte ihn sogar an der Tischkante. Komische Geräusche machte das.

»Hast du Flöhe?«, fragte Viola besorgt ihren Sohn.

Lilian schüttelte hektisch den Kopf und sprang auf.

»Wir müssen jetzt auch los«, erklärte er. Geschwind war er durch die Küchentür verschwunden.

»Was habt ihr denn heute vor?«, rief Viola Lilian hinterher. »Ihr könntet mir beim Dekorieren helfen. Und beim Aufstellen der Tische und Bänke.«

»Später!«, brüllte Lilian aus dem Flur.

Anni und ich guckten, dass wir hinterherkamen. Lilian wartete vor der Haustür auf uns.

»Mistiger Mist!«, schimpfte er und hob sein T-Shirt hoch. Ein sehr haariger Bauch kam zum Vorschein.

»Der Aufhebungszauber wirkt wohl noch nicht so ganz«, stellte Anni fest. An mir konnte ich allerdings keine Yetireste finden.

Lilian unterbrach meine Suche. »Mama hat die Lamaspuckblüten schon angesetzt«, sagte er. »Wir sind zu spät! Das Fest morgen wird eine Katastrophe!«

»Quatsch mit Soße«, sagte Anni. »Wir holen uns jetzt unseren Wunsch beim Fußballkleeblatt ab. Die Lachblume. Schließlich haben wir die Rehe gefunden.«

Die Gedankenmurmeln kullerten mal wieder nur so durch meinen Kopf. »Anni hat recht!«, sagte ich. »Sobald wir die Lachblume haben, setzen wir eine eigene Lachblumenlimonade an. Und tauschen dann die Lamaspucklimonade gegen die Lachlimonade.«

»Klar wie Klößchenbrühe«, sagte Anni.

Lilian seufzte. Und nickte.

Anni breitete ihre Arme aus. »Tilda, Anni, Lilian – auf jeden von uns kommt es an!«

»Auf zum Forsthaus«, sagte Lilian und löste sich aus der Umarmung.

Wieder machten wir uns auf den Weg. Doch was war das?

»Der Schnelligkeitszauber wirkt nicht mehr«, sagte Anni keuchend. »Ich habe höchstens das Tempo einer alten Hauskatze!«

»Klar!«, fiel mir ein. »Der Aufhebungszauber setzt *alle* Zauberkräfte auf null!« Ich schnüffelte an Anni. »Du riechst auch nicht mehr wie eine Wurst!«

»Das ist doch mal prima!«, sagte Anni grinsend.

»Das ist mistiger Mist!«, antwortete Lilian und zog an seiner Locke. »Wir sind lahm wie Schnecken!«

Anni kramte ihr Notfallsäckchen aus der Hosentasche und hielt es in die Höhe. »Ach was!«, sagte sie. »Jeder von uns hatte doch zwei Melonenkaugummis mit der Gepardenessenz gefüllt. Also essen wir jetzt Melonenkaugummi Nummer zwei.«

Ich schüttelte den Kopf. »Ich habe keinen Gepardenzauber mehr«, antwortete ich. »Ich hatte bei der Auf-

nahmeprüfung meinen einen Melonenkaugummi doch diesem Opi gegeben. Als Beweis, dass unsere Gutzis mit der Schnelligkeitsessenz gefüllt sind!«

Anni schlug sich an die Stirn. »Stimmt!«, sagte sie schließlich. »Kein Problem. Wir teilen uns einfach meinen Kaugummi.«

Schon biss sie ein Stück ihres Gutzis ab und hielt mir die andere Hälfte vor die Lippen. Und ich schnappte zu. Im schönsten Einklang kauten wir. Meine Beine kribbelten.

»Auch ein halbes Gutzi wirkt«, stellte ich zufrieden fest.

Und dann rasten wir endlich im Eiltempo zum Forsthaus davon.

Auf der Forsthauslichtung liefen wir direkt Maria in die Arme. Sie schob eine Schubkarre in Richtung des kleinen Gemüsegartens.

»Ah, ihr wollt bestimmt zu Lisbeth?«, fragte sie. Unsere Antwort wartete sie nicht ab, sondern plapperte einfach weiter. »Da wird sie sich aber freuen. Ihr findet sie bei Pucki und Puck im Gehege. Die beiden Rehe sind glücklicherweise wieder aufgetaucht!« Schon setzte sie sich mit ihrer Karre wieder in Bewegung.

Wir drei guckten uns an. Ich zuckte mit den Schultern. »Wir fragen einfach Lisbeth, wo Michel steckt.«

Ich wollte ja auch gerne noch einmal die süßen Rehe besuchen. Bei Tageslicht und ohne den kläffenden Floh.

Lisbeth hockte mitten im Rehgehege. Die Krücken lagen neben ihr. Pucki und Puck schleckten eifrig Haferflocken von ihren Handflächen.

Als uns das Mädchen sah, strahlte sie über das ganze Gesicht.

»Die Rehretter!«, rief sie freudig und zeigte auf ihre Tiere. »Danke, dass ihr Pucki und Puck gesucht und gefunden habt! Puck ist zwar noch etwas schwach, aber Mama sagt, dass er bald wieder ganz der Alte sein wird.«

»Prima!«, sagte Anni und setzte sich neben Lisbeth ins Gras.

»Wir suchen deinen Bruder«, erklärte Lilian Lisbeth. »Weil wir die Wette gewonnen haben, dürfen wir uns etwas vom Fußballkleeblatt wünschen, ist ja klar.«

Lisbeth nickte. »Stimmt!«, antwortete sie. »Aber Michel, Toni und Josef sind in ihrem Geheimversteck.«

»Und wo ist das?«, fragte Lilian.

Lisbeth grinste. »Es ist ein *Geheimversteck*! Das darf ich nicht verraten. Ist ja wohl auch klar!«

»Bitte, Lisbeth«, sagte ich mit flehender Stimme. »Es ist total wichtig, dass wir Michel finden. Jetzt!«

Anni ergänzte: »Wir sagen dem Fußballkleeblatt auch nicht, dass du uns das Geheimversteck verraten hast. Ganz großes Ehrenwort!«

Lilian und ich nickten wild mit den Köpfen. Lisbeth überlegte. Und seufzte. Schließlich sagte sie: »Okay. Aber nur, weil ihr meine Rehe gerettet habt. Ihr seid jetzt meine Freunde.«

Das fand ich super. Also, das mit den Freunden.

Und dann erklärte uns Lisbeth, wie man auf dem kürzesten Weg zum Geheimversteck kam. »Einfach nur die Straße zurück durch den Wald. In Richtung Wiesenhof. Genau nach der großen Kurve geht ein kleiner Pfad ab. Nach rechts. Neben einem riesigen Stapel Baumstämme. Auf dem Pfad kommt ihr bis zum alten Hochsitz von Papa. Das ist das Geheimversteck!«

»Toll, danke, Lisbeth«, sagte ich.

»Bis morgen«, sagte Lilian. »Auf dem Wiesenhoffest.«

Lisbeth strahlte wie die Sommersonne. »Ich freu mich schon so«, sagte sie.

Und dann durften wir Pucki und Puck auch mit ein

paar Haferflocken füttern. Noch lieber hätte ich Puck natürlich seine Flasche gegeben, aber die hatte er leider schon gehabt.

»Wir müssen los!«, sagte Lilian dann auch drängelnd.

»Tschüs, Lisbeth«, riefen wir noch mal vom Tor aus. »Tschüs, Pucki. Tschüs, Puck!«

Und dann flitzten wir schon wieder die Straße entlang und durch den dichten Wald.

»Da vorne!«, rief Anni wenig später und zeigte mit ausgestrecktem Arm auf drei Fahrräder. Die lehnten an einem Stapel Baumstämme. Den schmalen Pfad entdeckten wir nach kurzer Suche. Er führte direkt ins grüne Dickicht.

»Palimpalim!«, machte Lilian. »Wir sind richtig.«

Im leichten Trab pirschten wir den Pfad entlang. Wie ein Wolfsrudel auf der Jagd. Immer wieder blieben wir stehen. Und lauschten. Mein armes Herz flatterte wieder wie ein nervöses Vögelchen. Wo steckten die Fußballer?

Jetzt lichtete sich der dichte Wald etwas, und eine kleine Lichtung kam zum Vorschein. Der Holzturm stand am Rande der kleinen Wiese. Na ja, es sah eher aus wie ein Holzverschlag auf sehr, sehr hohen Stelzen. Und oben

aus dem Ausguck schauten die Köpfe von Michel, Toni und Josef über die Brüstung.

»Das Geheimversteck!«, raunte Anni bewundernd. »Ein richtiger Turm!«

»Ein Jägerhochsitz!«, sagte Lilian. »Wenn du da oben sitzt, kannst du beobachten, wie die Tiere über die Lichtung schlendern. Ohne dass sie dich bemerken.«

»Und dann abknallen!«, ergänzte ich. Eine dicke Gänsehaut kroch über meinen Rücken bei der Vorstellung, dass hier ein Jäger Tiere abschoss. Schnell konzentrierte ich mich wieder auf den Hochsitz.

»Los!«, sagte Lilian. »Ich will jetzt die Lachblume zurückhaben. Ein für alle Mal!« Mit einem Satz war er auf der Lichtung.

»Warte!«, raunte ich noch. »Wir brauchen doch einen Plan!«

Aber es war schon zu spät.

»Heee!«, brüllte Josef und sprang oben im Turm auf. »Was machen die Blumenkinder hier?«

»Haut ab!«, rief Toni mit hoher Keifstimme. »Das hier ist Privatgelände!«

Lilian stellte sich breitbeinig mitten auf die kleine Lichtung. Anni und ich bauten uns links und rechts von ihm auf. Meine Beine fühlten sich etwas weich an. Wie Wackelpudding.

»Wir haben die Wette gewonnen«, rief Lilian jetzt nach oben. Dabei musste er den Kopf ganz schön in den Nacken legen. »Wir haben die Rehe gefunden. Deshalb dürfen wir uns was wünschen!«

»Hä?«, fragte Josef und schob seine Kappe nach hinten. »Bist du bescheuert? *Wir* haben Pucki und Puck gefunden. Die Rehe stehen sicher in ihrem Gehege!«

Toni rief: »Wir beraten gerade, was wir uns von *euch* wünschen!«

Lilian ballte seine Fäuste: »*Wir* haben letzte Nacht die

Rehe gefunden! Lisbeth ist unsere Zeugin! Jetzt wollen wir die Blume zurück, die du geklaut hast, Michel!«

Toni beugte sich mit glitzernden Äuglein über die Brüstung und fragte: »Was ist das für eine Blume, die ihr unbedingt zurückhaben wollt?«

Ich schluckte laut.

»Sie gehört meiner Mutter«, rief Lilian nach oben. »Sie züchtet Blumen und Kräuter. Und verkauft sie. Der geklaute Blumentopf ist schon verkauft. Wir brauchen ihn zurück.«

»So, so!«, machte Toni. Sie glaubte uns kein bisschen. Das sah ich sofort. »Wie auch immer«, rief sie herunter. »*Wir* haben die Wette gewonnen. Unseren Wunsch werden wir euch noch mitteilen.«

Lilian wurde blass.

Josef rief: »Und jetzt haut ab. Bevor wir euch schnappen!«

Schnell packte ich Lilians Arm und wisperte: »Komm mit!«

So kamen wir nicht an die Lachblume heran. Es war aussichtslos. Was sollten wir bloß tun?

Pläneschmieden

Das Blumenkleeblatt verzog sich in das Gebüsch hinter dem Hochsitz. Dort sagte ich zu Anni: »Schnell, stell deinen Riesenlauscher auf. Was besprechen die Fußballer gerade?«

Meine Freundin hob das Haarnest hoch. »Ich muss noch näher ran!«, stellte sie fest.

Gesagt, getan. Wir passten genau unter den Jägerstand. Ohne die Köpfe einziehen zu müssen. Von oben hörte ich Gemurmel.

Anni legte eine Hand hinter das knubbelige Riesenohr. »Tonis Stimme sagt gerade, dass diese Blume nicht stinknormal sein kann, wenn wir so ein Tamtam darum machen. Außerdem findet sie es verdächtig, dass wir pfeilschnell durch die Gegend rasen.«

Wir guckten uns unter dem Hochsitz mit großen Augen an.

»Und einer der Jungs sagt: *Dann auf zum Schweineunterstand*«, berichtete Anni weiter.

»Zum Schweineunterstand?«, raunte ich erstaunt.

»Pscht!«, machte Anni und guckte nach oben. »Sie wollen zum Wiesenhof! Eindeutig!«

Wieder starrten Lilian, Anni und ich uns an. Über uns polterte es gewaltig. Füße scharrten über Holz.

»Michel hat die Lachblume überhaupt nicht mitgenommen«, hauchte Lilian aufgeregt. »Sondern einfach bei Susi und Rudi im Unterstand abgestellt!«

Anni schlug sich mit der flachen Hand gegen die Stirn. Genau in dem Moment erschien ein ausgelatschter Fußballschuh auf der obersten Sprosse der Leiter. Schnell kamen kräftige Beine und eine kurze Fußballhose in Sicht.

»Flucht!«, zischte Lilian.

Das ließen Anni und ich uns nicht zweimal sagen. Äste knackten, als wir durch die Böschung der Lichtung preschten.

»Heee!«, schrie Toni.

»Die schnappen wir uns!«, hörte ich Josef brüllen.

Vor mir rannte Anni mit wehendem Pantherhaar. Gepardenschnell. Und ich raste hinter ihr her. Die Äste und

Blätter fegten nur so durch mein Gesicht und über die nackte Haut meiner Arme und Beine. Überall um mich herum war Grün. Ich ließ Lilian nicht aus den Augen. Er wusste hoffentlich den Weg aus dem Wald heraus. Da vorne lichteten sich schon die Bäume. Ich flitzte durch die letzte Baumreihe. Lange Grashalme kitzelten nun an meinen Beinen. Der Wiesenhof tauchte in der Sommersonne auf.

»Links rum zur Schweinekoppel!«, brüllte Lilian uns über seine Schulter zu. Ohne langsamer zu werden, das muss man sich mal vorstellen. Erst am Zaun machte er eine Vollbremsung. Susi und Rudi wuselten sofort mit zuckenden Schweinsnasen und wackelnden Ringelschwänzen auf uns zu.

»Gleich bekommt ihr eine Streicheleinheit«, erklärte ich keuchend den Schweinen. »Aber erst müssen wir in euren Unterstand.«

Lilian steckte schon in der dicken Strohschicht des Schweinehäuschens.

»So eine Schweinerei!«, bemerkte Anni und watete mit ihren Turnschuhen durch die Matschepampe auf der Schweinekoppel.

»Hier ist der Blumentopf«, sagte Lilian, als er rückwärts aus dem niedrigen Unterstand kroch. Er guckte aber kein bisschen fröhlich. Und dann sah ich auch, warum: Der

Topf war leer. Gut, die Erde und ein winzig kleiner Stummel des Stiels waren schon noch zu sehen. Aber sonst nix!

»Wir sind verloren!«, hauchte Lilian.

Susi stupste unseren Freund an.

»Guck doch!«, sagte Anni. »Dein Schwein grinst.«

Tatsächlich. Susi lächelte breit unter ihrem Schweinerüssel. Wie ein prächtiges Glücksschwein sah sie aus.

»Hast du die Lachblume aufgefressen?«, fragte Lilian seine Susi mit zitternder Stimme. Aber die grinste nur.

Ich linste um das Schweinehaus herum. Zur großen Wiese vor dem Wald. Dort galoppierte das Fußballkleeblatt. Direkt auf uns zu.

»Zum Heuboden«, zischte ich. »Schnell!«

Wenig später kauerten wir oben an der Dachluke des Heubodens und beobachteten den Hof unter uns.

»Jetzt sind die Fußballer bestimmt bei Susi und Rudi angekommen«, vermutete ich. »Und suchen den Blumentopf.«

Sehen konnten wir die Koppel leider nicht. Sowohl Emilias Scheune als auch viele, viele Obstbäume versperrten die Sicht.

Dafür erblickte ich Mama. Sie schob sich gerade mit Floh und Renate durch das große Gatter an der Straße.

»Och nee!«, sagte ich.

»Tilda!«, rief Mama in dem Moment. »Anni!« Suchend blickten sich unsere Mütter auf dem Hof um. Leider mussten wir dann vom Heuboden klettern. Und gerade als die Mamas uns umarmten und drückten, tauchte das Fußballkleeblatt auf.

Renate klatschte in die Hände. »Hier ist ja ein Dorfkindertreff! Wie schön! Hier auf dem Land ist die Welt noch in Ordnung!«, sagte sie und strahlte mit der Sommersonne um die Wette.

Das Blumenkleeblatt und das Fußballkleeblatt standen sich nun gegenüber. Stumm glotzten wir uns an.

»Na?«, fragte schließlich Anni. »Habt ihr den Schweinen hallo gesagt?«

»Duuu!«, machte Josef und streckte seinen Stiernacken nach vorne. Fast berührten sich Annis und Josefs Nasenspitzen.

Davon bekamen die Mamas aber nichts mit. Weil sie Emilia und Viola begrüßten. Beide trugen ihre Backschürzen und freuten sich über die vielen Gäste. Alle plapperten wild durcheinander.

Die lange Toni nutzte die Gelegenheit. Leise wie eine Natter zischte sie: »Irgendetwas ist hier doch im Gange. Und wir werden es herausfinden. Darauf könnt ihr Blumenkinder euch verlassen!«

Und – *schwupps* – machte sich das Fußballkleeblatt aus dem Staub.

»Mistiger Mist«, sagte Lilian und raufte sich die langen Locken.

Genau in dem Moment sauste ein Gedankenblitz durch meinen Kopf.

Ich zupfte Mama am Wandershirt. »Du, Mama, dürfen Anni und ich noch eine Nacht auf dem Heuboden schlafen?«

»Wie bitte?«, fragte Mama. Eine steile Falte bildete sich zwischen ihren Augenbrauen. »Wir haben Freundinnenurlaub und sehen uns kaum. Kein einziges Mal waren wir zusammen wandern!« Jetzt war ihre Stirn ein einziges Wellenbad.

Renate räusperte sich. »Also, *ich* kann sowieso nicht wandern«, sagte sie und zeigte auf ihre Füße. Die steckten in Sandalen. Zwischen den schmalen Riemen blitzten unzählige Pflaster hervor. »Mit meinen offenen Blasen!«

Viola schaltete sich mit ihrer Engelsstimme ein: »Wir würden uns sehr freuen, wenn die Mädchen noch eine Nacht hier verbringen dürften. Nicht wahr, Lilian?«

Seine Locken flogen vor lauter Nicken nur so herum.

Ich sagte: »Anni und ich haben bestimmt *nie* mehr Gelegenheit, im Heu zu schlafen. Bitte, bitte, nur noch eine Nacht!«

Mama seufzte.

Und was soll ich sagen: Am Ende hatten Anni und ich eine weitere Nacht auf dem Wiesenhof herausgeschlagen. Und das war auch dringend nötig. Schließlich mussten wir uns wegen des Lamaspuckzaubers etwas einfallen lassen. Und zwar hurtig!

Leider bestanden unsere Mamas aber auf einen gemeinsamen Spaziergang ins Dorf.

»Ein bisschen Zeit wollen wir schon auch noch mit euch verbringen dürfen«, sagte Mama.

Und weil Lilian mitkam und wir alle ein Eis beim Dorfbäcker aßen, wurde der Nachmittag auch ganz lustig. Und erholsam. Nach der ganzen Aufregung.

Nach dem Abendessen saßen Lilian, Anni und ich wieder auf dem Heuboden. Besser gesagt: an der Dachluke. Auch Hexe Luda stand an der großen Öffnung und tankte ein bisschen Abendlicht. Wir beobachteten Viola und Emilia. Die beiden Frauen wuselten im Hof herum. Sie bauten lange Holztische auf. Und Bänke. Und dann schleppten sie Blumentöpfe von der Scheune ins Haus.

»Die Dorfbewohner sollten bei dem Fest morgen nur auf unbedenkliche Blumen und Kräuter stoßen«, hatte Emilia beim Abendessen erklärt. »Schließlich darf keiner wissen, dass hier Zauberblumenzüchter wohnen.«

Oben am Ausguck knabberte Lilian an einem Strohhalm. »Wenn hier morgen alle Gäste als spuckende Lamas herumrennen, weiß jeder, dass hier Zauberblumenzüchter wohnen!«, sagte er mit grimmigem Blick.

»Wir erzählen Viola einfach, was passiert ist«, schlug

Anni vor. »Wir können ja nichts für diesen bescheuerten Michel. Dann rennen morgen wenigstens keine spuckenden Gäste über euren Hof! Und das Zauberblumengeheimnis ist sicher.«

»Mama bekommt die Krise«, antwortete Lilian. »Sie darf nicht wissen, dass hier fiese Kinder wohnen. Nachher muss ich schon wieder mit ihr umziehen. Das machen wir immer, wenn es Ärger gibt. Ich hasse das! Ich will hier auf dem Wiesenhof bei Oma wohnen bleiben.«

In meinem Kopf flitzten die Ideenmurmeln herum wie in einer Achterbahn. Doch plötzlich standen alle Murmeln still.

»Ich rufe Herrn Bovist an«, verkündete ich meine Idee. »Er kann uns bestimmt aus der Patsche helfen.«

Außerdem hatte unser Freund beim Abschied gesagt, dass wir verantwortungsvoll und vernünftig mit unserem Zauberwissen und den Zauberpflanzen umgehen müssen, egal, wo wir sind. Und manchmal ist es eben am vernünftigsten, sich Hilfe zu holen.

»Du, Herr Bovist«, sagte ich wenig später ins Telefon. »Hast du zufällig die Essenz der Lachblume in deinem Arbeitshäuschen lagern?«

»Eine Lachblume?«, fragte Herr Bovist. »Die kenne ich überhaupt nicht!«

Und weil Herr Bovist mein richtig guter Freund und Zauberblumenexperte ist, erzählte ich ihm das Dilemma mit der Lachblume. Und der Lamaspuckblume.

»Gute Güte«, sagte Herr Bovist. »Ihr müsst schleunigst den Spuckzauber verschwinden lassen. Wenn die Gäste spuckend über den Wiesenhof rennen, ist das Zauberblumengeheimnis in Gefahr.«

»Eben!«, rief ich in den Hörer.

»Rupert, pfui!«, brüllte in dem Moment Herr Bovist am anderen Ende der Leitung. Es rauschte. »Rupert wühlt in der Kammer. Ich muss hin. Bevor er alles auffrisst. Liebes Kind, ich bin mir sicher, dass ihr eine Lösung findet. Ich habe vollstes Vertrauen in euch!«

Tuuut, tuuut, tuuut.

Lilian und Anni schauten mich hoffnungsvoll an.

»Was ist?«, fragte Anni schließlich. »Sag schon!«

Eine Idee schoss durch meinen Kopf.

»Wir brauchen Ersatzblüten«, teilte ich mit. »Lauter bunte Blütenblättchen. Damit stellen wir einen neuen Sirup her. Der ist dann zwar ohne Zauber, aber das ist ja immer noch besser als spuckende Gäste.«

»Genau!«, rief Anni. »Wir pflücken Wiesenblumenblütenblätter. Die sind kunterbunt. Wie die Blüten der Lamaspuckblume.«

»Wiesenblumen gibt es hier massig«, sagte Lilian und grinste erleichtert.

Also machten wir uns auf den Weg zur großen Wildblumenwiese auf der anderen Seite der Straße. Und pflückten wirklich viele, viele bunt gemischte Blütenblätter. Zurück blieben nur die Stiele.

Im Haus blockierte dann leider Viola die Küche. Indem sie Kuchen mit Schokoglasur einpinselte und Muffins dekorierte. Der riesige Glasbehälter mit der Zauberblumenlimonade stand auf der Arbeitsplatte. Direkt neben der geschäftigen Viola.

»Sapperlot!«, raunte Anni.

»Ich fürchte, Mama räumt die Küche nicht so bald!«, flüsterte Lilian zurück. »Erst wenn sie ins Bett geht!«

Und damit dieser Fall schneller eintrat, halfen wir Lilians Mama einfach für den Rest des Abends mit den Festvorbereitungen. Den großen Glasbehälter mit dem Zaubersirup hatten wir dabei immer gut im Blick.

Endlich war alles für das große Willkommensfest am nächsten Tag vorbereitet. Wir sagten Emilia und Viola gute Nacht und verkrümelten uns auf den Heuboden. Regelmäßig kontrollierten wir von dort oben, ob im Wohnhaus die Lichter ausgingen. Leider dauerte das ewig. Da hatten wir schon eine Heuschlacht hinter uns. Und wir hatten uns zwischen den Heuballen eine Höhle gebaut. Und wir hatten eine kleine Maus gefangen. Die ließen wir aber sofort wieder aus dem Eimer hüpfen, nachdem wir sie uns genauer angeschaut hatten. So süß war die mit ihren zuckenden Barthaaren, echt!

»Jetzt hat auch Mama das Licht ausgemacht!«, sagte Lilian irgendwann. Da waren Anni und ich schon ganz schön am Gähnen. Klar, nach der letzten langen Nacht!

Ich setzte Papas Stirnlampe auf und schnappte mir die Tüte mit den Wiesenblumenblütenblättern. Die waren schon etwas schrumpelig. Im Stockdunkeln huschten wir über den Hof. Die Haustür war nicht abgeschlossen, damit wir auch nachts aufs Klo konnten. Die alte Holztür öffnete sich knarzend. Sehr, sehr leise schoben wir uns durch den schmalen Spalt. Im Flur knipste ich meine Stirnlampe an. So kamen wir ohne zu stolpern oder hinzufallen bis in die Küche. Der kräftige Lichtstrahl beleuchtete den Sirup im riesigen Glasbehälter. So viele Blütenblättchen schwammen da herum!

»Wohin mit dem Lamaspucksirup?«, fragte Lilian mit Flüsterstimme.

Gute Frage.

Schließlich fanden wir auf der kleinen Terrasse vor der Küche einen Bottich aus Metall. Anni und ich schleppten ihn vorsichtig bis zur Arbeitsplatte. Und dann mussten wir nur noch den Hahn des Glasbehälters aufdrehen, und die Flüssigkeit plätscherte munter in den Bottich. Selbst die Blütenblättchen schwemmte es mit nach draußen.

»Es klappt wie am Schnürchen«, freute sich Anni etwas zu laut.

»Pscht!«, machte ich und lauschte. Aber zum Glück war alles still, niemand war aufgewacht.

Also gossen wir schnell unzählige Krüge voll Leitungswasser in den nun leeren Glasbehälter. Natürlich erst, nachdem der kleine Hahn wieder zu war.

»Puh!«, machte Lilian, als endlich die richtige Menge Wasser drin war. »Und jetzt die Blütenblättchen.«

Endlich schwammen wieder unzählige Blütenfetzen in dem Glasbehälter herum.

»Der neue Sirup sieht super aus«, stellte Lilian fest. »Man sieht fast keinen Unterschied zum Lamaspucksirup.«

Anni probierte einen Schluck.

»Ordentlich Zucker dazu, und die Brühe schmeckt einwandfrei«, bemerkte sie.

Gesagt, getan: Ein Glas Zucker rieselte in den Behälter.

»Fertig!«, sagte ich erleichtert.

Leider hörten wir genau in dem Moment über unseren Köpfen ein Rumpeln. Und Knarzen.

»Oben läuft jemand«, zischte Lilian. »Schnell, der volle Bottich muss raus auf die Terrasse.«

Leider war der randvoll mit Lamaspucksirup und deshalb sauschwer.

Ächzend und stöhnend schafften wir es trotzdem, das olle Ding bis auf die Terrasse zu wuchten.

»Jemand kommt die Treppe runter«, sagte Anni. »Ich höre sie knarren.«

Lilian rief leise: »Hinter die Blumenkübel mit dem sperrigen Ding, schnell!«

Scheppernd schoben wir den Bottich zwischen Violas Blumentöpfe. Und gerade, als wir wieder in der Küche standen, öffnete sich die Zimmertür.

»Was macht ihr denn hier?«, fragte eine zerzauste Viola im Nachthemd.

»Wir hatten Durst«, antwortete Lilian.

»Und ich musste Pipi«, erklärte Anni.

Viola schloss die Terrassentür. »Jetzt wird aber geschlafen«, sagte sie und scheuchte uns aus der Küche. »Ihr habt ja noch nicht mal eure Schlafanzüge an! Hopp, hopp jetzt! Morgen wird ein aufregender und langer Tag.«

In dem Moment wusste ich noch nicht, dass auch diese Nacht lang und aufregend werden würde!

Zurück auf dem Heuboden warfen wir uns erschöpft auf unser Schlaflager. Wunderbar weich und gemütlich war es. Lilian gähnte laut.

Ich sagte mit geschlossenen Augen: »Wir haben zwar

nicht den Lachzauber zurück, aber wenigstens rennen morgen keine spuckenden Lamas über euren Hof.«

»Das Zauberblumengeheimnis ist gesichert«, antwortete Lilian und gähnte wieder sehr, sehr laut.

»Pscht!«, machte da Anni neben mir. »Da hat was gescheppert! Draußen im Hof!«

Schon krabbelte sie auf allen vieren zur Luke. Ihr Schatten hob sich gegen den Sternenhimmel ab.

»Vorsicht mit Hexe Luda! Nicht, dass sie aus der Öffnung fällt und in die Tiefe stürzt!«, warnte ich.

Wir kauerten jetzt zu dritt an der Luke. Und starrten in die Dunkelheit. Nichts.

»Du hast dich verhört«, meinte Lilian.

»Quatsch mit Soße«, raunte Anni. »Ich habe es scheppern gehört. Und dann ein Klingeln. Ganz kurz. Wie von einer Fahrradklingel. Oder so.«

»Daaa!«, zischte ich. Ich war plötzlich wieder hellwach.

Denn unten auf dem Hof tanzte der Lichtkegel einer Taschenlampe.

Anni raunte: »Da schleicht jemand herum.«

Kies knirschte.

Ich hielt die Luft an. Vor lauter Aufregung.

»Der Lichtkegel bewegt sich in Richtung Scheune«, flüsterte Lilian.

»Hinterher!«, sagte Anni und sprang auf.

»Wartet!«, raunte ich. In Büchern schaffen es die Kinderdetektive ja immer, die Gauner zu schnappen. Sogar ohne Zauberhilfe. Mir war aber wohler mit ein bisschen Zauberkraft. »Wir riechen an Hexe Luda!«

»Sicher ist sicher!«, stimmte Lilian mir zu.

Im Schein meiner Stirnlampe sah die Blume noch hutzeliger aus als am Morgen. Sogar ein paar Blütenblätter lagen verschrumpelt auf der Blumentopferde.

»Fast ein Glatzkopf«, flüsterte Anni.

Trübselig starrte die kleine Hexe mich mit ihren Stielaugen an.

»Da steckt doch keine Zauberkraft mehr drin«, bemerkte Lilian.

Da war ich mir leider auch nicht so sicher. Aber Anni schnüffelte schon mit geblähten Nasenlöchern an den beiden Antennen in der Blütenmitte.

Plöpp. Fast unsichtbar.

»Ganz tief drinnen ist unsere Luda noch topfit«, sagte ich nicht ohne Stolz.

In der dunklen Nacht sah man unsere gläsernen Schatten kein bisschen. Wir huschten über den Hof in Richtung Scheune. Das große Tor stand einen Spaltbreit offen.

Sehr, sehr vorsichtig lugte ich hindurch. Und knallte gegen etwas Hartes.

»Autsch!«, machte Anni.

Stille. Dann hörte ich jemanden im Scheuneninnern leise fragen: »Was war das?« Eine helle Mädchenstimme.

»Toni«, hauchte Lilian irgendwo neben mir.

Und da kroch eine dicke, fette Wut meine Beine hinauf und bis in meinen Kopf. Deshalb packte ich das Scheunentor und knallte es zu.

Ratsch, schob ich den Riegel vor.

In der Scheune blieb es still. Gespenstisch still.

Dann hörte ich auf der anderen Seite des Tores ein Scharren. Und ein Kratzen. Und dann fragte eine Stimme aus dem Scheuneninnern leise und zögerlich: »Hallo? Ist da jemand?«

In dem Moment *sah* ich meine Freunde. Gut sichtbar standen wir auf dem Kies. Ich packte Lilian und Anni am Arm und zog sie um die Scheunenecke.

Anni raunte: »Hexe Luda ist ein Witz. Jawohl!«

Ich machte mir ganz andere Gedanken. Mit Flüsterstimme sagte ich zu meinen Freunden: »Wir müssen dem Fußballkleeblatt einen Schrecken einjagen. Damit sie niemals nie wieder hier rumschnüffeln.«

»Der Yetizauber!«, wisperte Anni zurück. »Jeder von uns hat noch ein Gummibärchen mit der Essenz im Notfallsäckchen. Als haarige Wesen können wir den Schnüfflern einen riiiesigen Schrecken einjagen!«

Lilian antwortete: »Ich habe kein Gutzi mehr mit Yetiessenz. Mein erstes Gummibärchen habe ich doch bei der Aufnahmeprüfung gegessen!«

Stimmt! Da hatte Lilian noch gedacht, dass das Gutzi mit dem Tierverstehzauber gefüllt sei. Aber gut.

»Ich teile mit dir!«, erklärte ich leise. Im Schein meiner

Stirnlampe zogen Anni und ich unsere Notfallsäckchen aus den Hosentaschen.

Schon biss ich die Hälfte meines Gummibärchens ab und fütterte Lilian mit dem Rest.

Und dann standen wieder drei haarige und zottelige Wesen mit Riesenohren auf dem Hof. Vielleicht hatten Lilian und ich ein paar Zotteln weniger. Oder unsere Nasen zuckten nicht ganz so wild. Aber das fiel nicht weiter auf. Wir sahen gruselig aus. Wunderbar!

Ich hörte ein leises Klopfen am Scheunentor.

»Hallooo!«, fistelte Tonis helle Stimme.

Ich schlug meinen Freunden leise vor: »Wir pirschen uns ans Scheunentor an. Grunzend. Und hechelnd. Und schnaubend. Dann schieben wir den Riegel zurück.«

Lilian flüsterte begeistert: »Und wenn sie sich raustrauen, werden sie von gruseligen Monstern empfangen.«

»Genau!«, raunte ich. »Aber wir halten lieber etwas Abstand. Sonst erkennen sie uns noch an unseren Klamotten! Die haben ja eine Taschenlampe.«

Anni breitete ihre Arme aus. Eng umschlungen wisperten wir: »Tilda, Anni, Lilian – auf jeden von uns kommt es an!«

Und schon ging es los. Stöhnend. Und japsend. Und

hechelnd. Einfach gruselig hörten wir uns an. Wirklich wie in der Geisterbahn. In der Scheune war es mucksmäuschenstill. Trotz meiner Knubbelohren hörte ich kein Geräusch. Jetzt standen wir haarigen Monster am Tor. Sehr, sehr langsam schob ich den Riegel zurück. Er klackte. Wir Yetis drückten uns links und rechts des Scheunentores an die Holzwand. Und warteten lautlos.

Michels Stimme erklang als Erstes: »Was war das?«

»Hunde?«, fragte Josef.

»Es hilft nichts, wir müssen vorsichtig nachschauen«, raunte Tonis Stimme. »Vielleicht sind es ja nur die Blumenkinder.«

Anni neben mir kicherte leise.

Knarzend schob sich das Tor auf. Drei Köpfe und ein Taschenlampenstrahl erschienen in der Öffnung. Ich drückte mich an die Wand wie eine platte Flunder. Ein breiter Lichtstrahl leuchtete geradeaus den Hof ab.

»Da ist nichts!«, stellte Josef fest.

Michel ließ die Taschenlampe sinken. »Komisch!«, sagte er.

Das Fußballkleeblatt wagte sich ein paar Schritte aus dem sicheren Scheunentor heraus.

Und genau in dem Moment lösten wir Yetis uns von der Wand. Dabei knurrten wir. Und hechelten. Und japsten.

Langsam bewegten wir uns auf die Fußballer zu. Michel ließ vor Schreck die Taschenlampe fallen.

»Uaaah!«, machte Josef.

Und die lange Toni sprintete in einem Affenzahn los. Über den Hof. »Hiiilfe!«, brüllte sie.

Michel und Josef galoppierten hinterher. Leider flog Toni dann über eine Gießkanne. Meine Yetiaugen sahen genau, wie ihre dünne Gestalt in hohem Bogen auf dem Kies landete. Im ersten Stock des Wohnhauses gingen die Lichter an. Ein Fenster wurde aufgerissen. Emilias Stimme rief: »Hallo?«

Jetzt wehte Violas Engelhaar in einer anderen Fensteröffnung. »Wer ist denn da?«

Das Fußballkleeblatt setzte gerade über das Gatter. Ich hörte Fahrräder klappern. Dann ein leichtes Klingeln. Und dann sah ich drei Gestalten im Mondschein, die feste in die Pedale ihrer Fahrräder traten. Und in einem Wahnsinnstempo in Richtung Wiesental verschwanden.

Und wir Yetis standen vor der Scheune und lachten und lachten. Fast hätte ich mir in meine Unterhose gepinkelt vor lauter Lachen. Aber nur fast.

Natürlich entdeckten uns in diesem Zustand Viola und Emilia. Also, als lachende Yetis. Und irgendwie fanden die beiden das kein bisschen lustig!

»Was treibt ihr hier?«, fragte Emilia. Ihre kurzen, grauen Haare standen strubbelig ab.

Viola starrte uns einfach nur an. Und sagte keinen Ton.

»Äh!«, machte Lilian und zog an seinen langen Fellhaaren.

Anni lachte ihr lautes Weihnachtsmannlachen und verkündete dann: »Wir haben gerade Einbrecher vom Hof gejagt. Als Yetis. Jawohl!«

Und dann nickten wir drei haarigen Monster mit unseren Köpfen, dass die langen Flusen nur so flogen. Und die großen Knubbelohren schlackerten.

»Einbrecher?«, hauchte Viola.

»Aha!«, machte Emilia. »Da will ich jetzt aber Einzelheiten erfahren.«

Eine paar klitzekleine Einzelheiten erzählten wir wenig später in der Küche. Bei einem warmen Kakao.

»Eins verstehe ich aber nicht«, sagte Emilia. »Warum sind die Einbrecher in die Scheune eingedrungen? Und nicht ins Wohnhaus? In der Scheune gibt es doch nichts zu holen!«

»Ist ja egal«, erklärte Lilian seiner Familie. »Die kommen auf jeden Fall nie wieder! Dafür haben wir gesorgt!«

Kakao tropfte von Annis langen Barthaaren als sie sagte: »Genau!«

Viola guckte uns bekümmert an: »Was machen wir jetzt mit euch? So könnt ihr doch nicht unter die Leute. Und wie sollen wir dieses Aussehen euren Müttern erklären?«

Aber dafür gab es ja glücklicherweise eine Lösung: Emilia verabreichte jedem Yeti einen Tropfen Auflösungszauber. Der funktionierte auch fast einwandfrei. Lilian behielt noch ein paar lange Barthaare. Und ich hatte genau eine Fingernagelkralle übrig. Aber weil die am kleinen Finger war, fiel sie kaum auf. Und das Beste war: Anni sah aus wie Anni. Ganz ohne alles. Selbst das Knubbelohr war komplett verschwunden.

Emilia seufzte. »Der Aufhebungszauber ist noch nicht gut genug ausgetüftelt. Wir müssen uns wieder an die Arbeit machen, Lilian!«

»Aber nicht jetzt!«, sagte Viola mit rollenden Augen. »Ab ins Heubett! Ein für alle Mal!«

Das ließen wir uns nicht zweimal sagen. Nur wenige Minuten später lagen wir in unseren Schlafanzügen auf dem Heuboden.

Im Schein der Stirnlampe notierte ich in mein Tagebuch:

Donnerstag, 17. Juli

Hexe Luda hat leider kaum noch Kraft. Der Unsichtbarkeitszauber wirkt höchstens ein paar Minuten (vom Heuboden bis zur Scheune, um genau zu sein). Aber es gibt auch gute Nachrichten: Wir haben den Lamaspuckzauber durch bunte Blütenblätter ersetzt. Zwar werden beim Fest nicht alle lachen und bester Laune sein, aber das macht nix. Hauptsache, es rennt keiner spuckend über den Wiesenhof. Außerdem haben wir das Fußballkleeblatt vergrault. Als Yetis. Die drei schnüffeln hier nicht mehr rum. Das Zauberblumengeheimnis ist gewahrt!

Und dann schlief auch ich ruck, zuck ein.

An diesem Freitagmorgen schliefen wir sehr, sehr lange.

Wouuu!, hörte ich in meinem Traum. Und noch einmal: *Wouuu!*

Ich glaube, wir drei da oben auf dem Heuboden richteten uns alle gleichzeitig auf.

Wouuu!

Ich schälte mich in Windeseile aus dem Schlafsack und hechtete zur großen Luke.

»Rupert?«, rief ich.

Peng! Der Blumentopf mitsamt Hexe Luda segelte vor meinen Augen in die Tiefe. Rupert galoppierte mit eingezogenem Schwanz erschrocken über den Hof davon und verschwand im Wohnhaus gegenüber.

»Neiiin!« Ich kniff meine Augen fest zu. Als ich vorsichtig wieder blinzelte und in die Tiefe guckte, konnte ich den fürchterlichen Anblick kaum aushalten: Der tönerne Blumentopf war in tausend Stücke zersprungen und hatte meine arme Luda unter sich begraben. Ich rappelte mich auf und kletterte mit Karacho die steile Holztreppe nach unten. Anni und Lilian hinterher. Raus auf den Hof. Dort kauerte ich mich vor den Scherbenhaufen.

Anni zog den hölzernen Stiel aus den Trümmern. Ludas kahler Kopf hing abgeknickt am Ast. Die beiden Augen waren unauffindbar.

»Oh, du armes Ding!«, hauchte ich. Ich hatte sie umgebracht!

»Matilda?«, hörte ich in dem Augenblick Herrn Bovists verwunderte Stimme. Er stand mit Emilia und Rupert vor dem alten Bauernhaus.

Anni sagte leise: »Geht vor! Ich bringe noch schnell Ludas Reste in Sicherheit.« Schon hatte sie ihr Nachthemd hochgeklappt und füllte die entstandene Kuhle mit Tonscherben.

Ich sprintete los. Direkt in die Arme meines alten Freundes.

»Huch!«, rief Herr Bovist und lachte und lachte.

»Vorsicht! Sein Rücken«, sagte Emilia und guckte besorgt.

»Ich bin wohlauf!«, antwortete Herr Bovist. Dabei stemmte er seine Hände in den Rücken. »Es ziept lediglich ab und zu. Dank Violas vorzüglicher Kräutercreme.« Dann zwinkerte er mir zu: »Ein bisschen Bärenstarkzauber war, ehrlich gesagt, auch im Spiel! Ich konnte mir wohl kaum das Wiesenhoffest entgehen lassen!«

Da hatte er einfach recht. Und schick sah er aus in seinem geblümten Hemd, der grünen Hose und dem runden Strohhut.

»Du siehst nach Sommerferien aus, Herr Bovist«, sagte ich. Oh, wie war ich froh, ihn zu sehen!

In einem unbeobachteten Moment fragte Herr Bovist mich leise: »Was machen die Lamas? Stellen sie eine Gefahr für das Wiesenhoffest dar?« Er zwinkerte wild.

»Wir haben den Lamaspucksirup durch Wildblumensirup ersetzt«, raunte ich. »Die Gefahr ist gebannt.«

»Das habt ihr gut gelöst«, sagte Herr Bovist. »Du siehst: Neben Zauberblumenkenntnissen braucht es Schläue! Ohne die geht es nicht!«

»Deshalb bist du auch der beste Zauberblumenzüchter auf der ganzen Welt, Herr Bovist!«, antwortete ich. »Ach was, im ganzen Universum!«

Herr Bovist lachte. »Ach, Kindchen!«, antwortete er nur.

Der Vormittag verging dann wie im Flug. Und ich war abgelenkt von Hexe Ludas Unglück. Weil wir noch so viel vorbereiten mussten: die Tische mit kleinen Wiesenblumensträußen schmücken, den Kuchen zuschneiden und auf Platten anrichten, schicke, langstielige Funkelgläser auf Tabletts stellen.

Und endlich, endlich war es so weit. Viola stand in einem wunderhübschen lindgrünen Flatterkleid und wehendem Feenhaar unter dem großen Baum im Hof und begrüßte die ersten Gäste.

Wir Kinder verteilten die Gläser mit dem Zaubersirup. Na ja, eher ohne Zaubersirup. Denn der stand ja immer noch im Bottich auf der hinteren Terrasse.

»Willkommen!«, sagte ich zu einer schicken Dame mit kleiner Lockenfrisur und reichte ihr ein Funkelglas.

Herr Bovist trat zu uns. In der Hand hielt er einen großen, blumigen Teller mit Goldrand. Darauf stapelten sich viele, viele runde Kekse mit lila Punkten. »Willkommen, willkommen«, sagte auch Herr Bovist. »Greifen Sie zu, verehrte Dame!«

»Sind das etwa Blütenblätter?«, raunte ich meinem Freund zu.

Der strahlte mich an. »Selbstverständlich, selbstverständlich!«, sagte er schmunzelnd.

»Du hast Freundlichkeitskekse gebacken?«, fragte ich, und meine Stimme kiekste begeistert. Auch ich hatte schon einmal solche Kekse gebacken. Und damit den garstigen Gunnar gefüttert. Denn wenn man so einen Keks verputzt, ist man unglaublich freundlich. Zu allen.

»Ich hatte noch eine Dose mit getrockneten Blütenblättern«, erzählte er. »Nach deinem Anruf gestern habe ich ein Tröpfchen Bärenstarkzauber eingenommen und mir flott die Küchenschürze umgebunden. Wenn meine Hilfe benötigt wird, bin ich zur Stelle!«

»Du bist der Beste, Herr Bovist«, sagte ich begeistert und drückte dem nächsten Gast gleich mal einen Keks in die Hand. Es war der grummelige Bauer Klaus. Mit einer sehr großen Ehefrau und Sohn Josef. Alle steckten sich ihren Keks sofort in den Mund.

»Willkommen auf dem Wiesenhof!«, schmetterte ich.

Und Josef lächelte äußerst nett zurück. »Danke!«, sagte er. »Dir auch ein schönes Fest.«

»Das läuft ja wie geschmiert!«, sagte ich zu Herrn Bovist.

Michel und Lisbeth verputzten gleich zwei Kekse. Aber das konnte ja nicht schaden.

Auch Mama, Renate und Floh bekamen einen lila gepunkteten Keks. Obwohl sie eh schon mit guter Laune auf dem Wiesenhof ankamen.

»Kennen wir uns nicht irgendwoher?«, fragte meine Mutter Herrn Bovist, und ihre Augenbrauen verschwanden unter ihren Locken, weil sie so scharf nachdachte.

»Nicht dass ich wüsste!«, antwortete der alte Mann mit einer kleinen Verbeugung. »Und den Anblick einer so hübschen Dame hätte ich bestimmt nicht vergessen.«

Ich kicherte leise. Denn Mama hatte Herrn Bovist sehr wohl schon gesehen. Bei unserem ersten Abenteuer.

Aber dann war Mama von Viola abgelenkt. Weil sie klirrend mit einem Löffel gegen ihr funkelndes Glas schlug. *Pling! Pling! Pling*. Alle verstummten.

»Willkommen auf dem Wiesenhof!«, rief Viola glockenhell in den Sommernachmittag hinein. »Mein Sohn Lilian und ich freuen uns sehr, dass wir nun in diesem wunderschönen Tal bei meiner Mutter Emilia leben dürfen. Und dass wir dies heute mit so vielen Menschen feiern, ist einfach wunderbar. Auf ein gutes Miteinander.« Viola hob ihr Glas.

Und alle Gäste prosteten mit ihrem Funkelglas und spülten die letzten Krümel des Freundlichkeitskekses mit Wiesenblumensirup hinunter.

Emilia im froschgrünen Overall legte ihre Hände um

den Mund und schmetterte in die Menge: »Wie Sie bestimmt bereits wissen, züchten meine Tochter und ich Kräuter und Blumen. Drüben in der Scheune gibt es so einiges davon zu sehen. Schauen Sie sich gerne um. Bei Fragen stehen wir zur Verfügung. Und vor allem: Essen Sie leckeren Kuchen!«

Und das machte die gutgelaunte Festgesellschaft dann auch.

Lilian, Anni und ich setzten uns mit unseren Kuchentellern zu Lisbeth auf eine Bank im Schatten.

»So viel Kuchen willst du essen?«, fragte Lisbeth beim Anblick von Annis vollgestopftem Teller.

»Klar!«, antwortete Anni mit vollem Mund. »Und noch viel mehr!«

Plötzlich baute sich das Fußballkleeblatt vor uns auf.

»Oha«, machte Anni. »Die starke Truppe!«

Aber die drei Fußballer lächelten nur milde. Wegen der Kekse, da bin ich mir sicher.

Michel fragte: »Wo sind eigentlich eure Wachhunde?«

»Wie jetzt?«, musste ich fragen.

»Da!«, antwortete Anni und zeigte auf Rupert und Floh. Die beiden saßen vor dem Kuchenbuffet und guckten sehnsüchtig auf die vielen Leckereien.

Michel kratzte sich das schwarze Stoppelhaar.

»Wieso?«, fragte Lilian und grinste breit.

»Wir haben gehört, dass ihr hier richtig wilde Wachhunde habt!«, antwortete Michel.

Toni fragte schnell. »Habt ihr Lust auf eine Partie Fußball? Lisbeth, du kannst Schiedsrichterin sein!«

Und tatsächlich hatten wir Lust dazu.

Aber eine Sache wollte ich zuvor noch wissen. Also fragte ich Michel: »Warum hast du Lilian in die Scheune eingesperrt? Und die Pflanze an die Schweine verfüttert?«

»Äh«, machte Michel. Richtig verlegen guckte er. »Also, eigentlich wollte ich Lilian auf dem Weg nach Hause nur hallo sagen. Und ihn noch mal fragen, ob er nicht mit uns

Fußball spielen will. Wir haben hier nicht so viele Kinder, die ins Fußballteam passen.«

Josef und Toni nickten.

Michel sagte jetzt direkt zu Lilian: »Aber du hast gleich gebrüllt, dass ich abhauen soll! Da wurde ich sauer. Und hab die Tür zugeknallt. Den Blumentopf habe ich mitgenommen, um dich zu ärgern. Und als ich am Schweineunterstand vorbeikam, hab ich den Topf da versteckt. Weil ich ihn ja nicht brauchte. Da war aber keine Pflanze zu sehen. Echt! Ich wollte bestimmt nicht, dass die Schweine eure Blume fressen. Ich schwöre es! Es tut mir leid!«

Sehr, sehr zerknirscht guckte er. Und Toni sagte freundlich: »Lasst uns zusammen Fußball spielen! Dabei vergessen wir unseren ganzen Streit einfach. Und wer welche Wette gewonnen hat und so.«

Und das machten wir dann auch. Am Ende spielten wirklich *alle* Dorfkinder auf der großen Wiese hinter dem Haus. Und Lisbeth hatte als Schiedsrichterin nicht viel zu tun. Bei den friedlichen Kindern. Es war richtig spaßig. Aber auch anstrengend. Deshalb spielten wir im Anschluss lieber viele, viele Runden Verstecken. Bei einer Runde krochen Anni und ich zwischen die großen Blumenkübel auf der kleinen Küchenterrasse. Von hier hatte man einen guten Überblick. Rupert und Floh kamen gerade aus der Küche geschlendert. Der große, graue Hund wedelte bei unserem Anblick freudig mit dem Schwanz.

»Weg, du oller Wurstschädel«, zischte Anni und fuchtelte mit den Händen vor Ruperts Schnauze herum. »Du verrätst noch unser Versteck!«

Aber Rupert kam lieber noch ein Stück näher. Leider entdeckte er dann genau vor seiner Nase den Metallbottich. Die graue Hundeschnauze senkte sich zu den schwimmenden bunten Blütenblättchen hinab. Die lange, rosa Zunge schlabberte gierig den süßen Sirup.

»Rupert, pfui!«, sagte ich streng und eigentlich viel zu laut. Doch es war schon zu spät. Viele Tropfen spritzten in alle Richtungen. Und um die kümmerte sich der kleine Floh. Schleckenderweise. Ich erstarrte hinter meinem Blumenkübel. Nur die Augen, die kniff ich noch fest zusammen.

Leider nahm das Schlürfgeräusch der Hunde kein Ende.

»Stopp!«, brüllte ich schließlich.

»Tilda verbrannt!«, brüllte Toni, die Fängerin.

Aber das war mir herzlich egal. Denn im selben Augenblick schoss ein wirklich großer Batzen Spucki aus Ruperts Maul. Direkt auf Tonis roten Trikotbauch.

»Iiih!«, kreischte die.

Beide Hunde starrten jetzt die ausflippende Toni an.

Und dann spuckte Floh. *Platsch*, landete eine Portion Hundespucki auf Tonis Bein.

»Uäääh!«, kreischte sie. »Spuckende Hunde!«

Das war Rupert und Floh dann auch zu viel. Zusammen galoppierten sie ums Haus davon. In Richtung der Kuchen essenden Festgesellschaft.

»Komm!«, rief ich Anni zu, die immer noch mit Haarsträhne im Mund zwischen den Blumenkübeln hockte. »Wir müssen die Hunde einfangen. Bevor sie alle Gäste vollspucken!«

Schnell wie der Wind und mit wild flatterndem Herz düste ich hinter Rupert und Floh her.

Die beiden Hunde hatten sich zu den Gästen bei den Tischen und Bänken im Hof gesellt.

»Was ist denn das!«, sagte gerade eine große Frau und wischte mit einer Serviette über einen schleimigen Fleck auf ihrem karierten Sommerkleid. Rupert schleckte sich die Lefzen.

Da! Schon wieder spitzte er die Lippen, und ein neuer Spuckebatzen flog durch die Luft. Diesmal landete er glücklicherweise an der Hauswand.

Ich schnappte mir Floh und klemmte ihn unter meinen linken Arm. Mit der rechten Hand packte ich Rupert am Halsband.

»Komm!«, sagte ich zum Lamahund. »Wir brauchen Emilias Aufhebungsessenz. Und zwar zackig!«

Doch noch bevor Anni mir die Eingangstür des

Bauernhauses aufhalten konnte, landete – *platsch!* – ein Spuckipflatscher auf dem grünen Lack.

»Eklig!«, stöhnte Anni.

Platsch! Floh spuckte knapp an Anni vorbei.

»Iiiih!«, machte Anni und duckte sich in den Hausflur.

Ich gab jetzt richtig Gas. Trotzdem spuckten die beiden Hunde auf dem Weg in Emilias Arbeitszimmer mehrmals gegen die Wände. Nasse Spuckeinseln tropften von den hübschen Tapeten. Ich schwitzte wie verrückt, als ich endlich, endlich beide Tiere im Arbeitszimmer hatte und Anni die Tür zudrückte.

»Sitz!«, sagte ich zu Floh und Rupert.

Platsch!

Platsch!

Schon tropfte es von den Fläschchen im Regal.

»Ich muss auch gleich spucken«, verkündete Anni. »Eklig!«

»Wo ist eigentlich Lilian?«, fragte ich hektisch. Meine Augen suchten die Fläschchen ab. »Der Aufhebungszauber war doch in einer hellgrünen Flasche, oder? Stand da was drauf?«

Anni zuckte mit den Achseln. Dabei ließ sie die Hunde nicht aus dem Blick.

Platsch!

Platsch!

Anni stöhnte.

Und endlich entdeckte ich das passende Fläschchen ganz rechts auf dem mittleren Regalbrett. Was auf dem kleinen Etikett stand, konnte ich leider nicht lesen.

»So eine Sauklaue«, sagte ich.

Platsch!

Platsch!

Es tropfte vom Regal.

»Mach schon!«, rief Anni. »Das ist die richtige Flasche. Ich erkenne sie wieder. Echt!«

Ich zog den kleinen Korken. Und hielt Rupert das Fläschchen vors Riesenmaul.

Platsch!, zischte ein Spuckikloß knapp an mir vorbei. Vor Schreck fiel mir leider das Zaubertrankgefäß aus der Hand. Unsanft landete es auf dem Holzboden und verspritzte seinen Inhalt. Fast gleichzeitig senkten die beiden Lamahunde den Kopf und leckten über den Boden.

»Potz Blitz!«, sagte Anni.

Entgeistert starrten wir auf die beiden Tiere in der Zimmermitte.

»Wie furchtbar«, hauchte ich.

Beide Hunde waren *nackt*! *Komplett fellfrei!* Nackthunde sozusagen. Flohs rosige Haut warf am Bauch Falten. Und Rupert wirkte felllos etwas mager.

Platsch!

Platsch!

Die Spuckipflatscher zischten durchs Arbeitszimmer wie Geschosse.

»Ich bekomme gleich die Krise!«, kreischte Anni.

Genau in dem Moment wurde die Zimmertür aufgerissen.

»Hier seid ihr alle!«, sagte der verschwitzte Lilian. An seinen Knien klebten braune Erde und Grashalme. Und am Schienbein war ein langer roter Kratzer. Trotzdem sah unser Freund total fröhlich aus. Und glücklich. Wie ein richtiger Fußballer. Jetzt starrte er auf die nackten und spuckenden Hunde.

»Aufhebungszauber, schnell!«, konnte ich nur noch sagen.

Unser Freund hechtete zum Regal und wühlte zwischen den Fläschchen und Tiegeln herum.

Platsch! Ruperts nächster Spuckiangriff landete auf Lilians Po.

»Palimpalim!«, rief der unbeeindruckt und zog auch schon den Stöpsel aus einem grünen Flaschenhals.

Ich hob Ruperts Riesenlefze an. Brav öffnete der graue Hund das Maul. *Pling*, landete ein Tröpfchen klare Essenz auf Ruperts rosa Zunge.

»Uff!«, machte Anni.

Ich ging schon vor dem nackten Floh in die Hocke. Der schielte mich misstrauisch an.

Platsch! Ein Spuckifaden klebte an meinem Knie.

»Maul auf!«, sagte Lilian. Aber Floh dachte gar nicht daran. Mit zusammengekniffenem Gebiss starrte er mich an.

»Störrische Langwurst!«, zischte Anni erbost.

Platsch!, schoss ein neuer Spuckifladen knapp an

Annis Bein vorbei. Und da riss Anni das kleine Fläschchen aus Lilians Hand und schob es einfach zwischen Flohs Lefzen. Dann schüttelte sie den Glasbehälter. Floh schluckte.

Und was soll ich sagen: Zwei haarige Hunde wedelten freudig mit dem Schwanz.

»Es hat geklappt!«, rief ich erleichtert. Der Bär in meinem Bauch machte ein Freudentänzchen. Denn kein einziger Spuckipflatscher schoss mehr durchs Zimmer.

»Jippiiieee!«, machte Anni.

Ich war richtig, richtig stolz auf uns.

»Leider ist das Fläschchen mit der Essenz jetzt komplett leer!«, bemerkte Anni.

»Das war ein Notfall«, sagte Lilian. »Ich werde Oma Emilia alles erklären. Nach dem Fest. Und ohne Mama.«

Anni breitete die Arme aus. Gemeinsam grölten wir: »Tilda, Anni, Lilian – auf jeden von uns kommt es an!«

Und dann juchzten und hopsten und jubelten wir wie die Verrückten. Rupert und Floh machten einfach mit.

Leider geht irgendwann auch das schönste Fest zu Ende. Und so war es natürlich auch auf dem Willkommensfest vom Wiesenhof. Nachdem viel gelacht, gegessen, erzählt und sogar getanzt wurde, machten sich in der Abenddämmerung die Gäste beschwingt auf den Heimweg.

Auch Mama zog ihre Strickjacke über.

»Floh!«, rief sie. Und noch mal: »Floooh! Hierher!«

Aber kein Dackel tauchte auf.

»Rupert?«, rief Herr Bovist und guckte sich suchend um.

Auch ich hatte die Hunde schon länger nicht mehr gesehen.

Jetzt machten sich alle auf die Suche.

»Floooh!«, riefen wir abwechselnd. »Ruuupert!«

Nichts.

Irgendwann hörte ich Lilians Stimme: »Ich habe sie. Hier, bei den Ziegen!«

Verwundert fanden sich alle am Ziegenunterstand auf der Koppel ein.

Floh und Rupert lagen vor Ziegenbock Peter und guckten ihn verliebt an.

»Was ist denn hier los?«, fragte Mama erstaunt. Sie leinte Floh an und wollte ihn nach draußen ziehen. Aber Floh stemmte seine kurzen Beine ins Stroh.

»Sture Langwurst«, sagte Anni.

Mama hob schnüffelnd die Nase: »Dieser Ziegenbock muss auch auf einen Bovist getreten sein. Er riecht wie Anni vor ein paar Tagen. Irgendwie wurstig!«

Anni kicherte. Und raunte mir ins Ohr: »Ziegenpeter hat seine Wurstpastille bekommen.«

Emilia wedelte hektisch mit den Armen und verkündete: »Die Ziegen brauchen nun ihre Nachtruhe. Sonst ist morgen ihre Milch sauer!« Energisch schob sie alle zurück in Richtung Wohnhaus. Und bei Emilia gehorchte sogar Floh.

Am großen Gatter sagte Mama zu den Gastgeberinnen: »Vielen Dank für diesen wunderschönen Abend. Es war ein gelungener Abschluss unserer Ferientage im Wiesental. Morgen fahren wir leider schon wieder nach Hause.«

An unsere Abfahrt wollte ich kein bisschen erinnert werden!

»Das war ein richtig, richtig schönes Fest!«, sagte ich zu Viola.

Lilians Mama drückte mich an sich und raunte in mein Ohr: »Auf die Lachblume ist Verlass!«

In Gedanken tauschte ich *Lachblume* einfach durch *Zauberblumen* aus. Dann passte alles.

Auf der Empore in der Huber-Hütte notierte ich an diesem letzten Abend in mein Tagebuch:

Freitag, 18. Juli

Das Willkommensfest auf dem Wiesenhof war toll! Und das lag auch an Herrn Bovists Freundlichkeitskeksen. ALLE waren friedlich und gut gelaunt. Echt und ungelogen.

Nur Floh und Rupert hätten fast doch noch das Zauberblumengeheimnis in Gefahr gebracht. Als spuckende Lamas.

Das Traurigste zum Schluss:

1. Hexe Luda ist mausetot!
2. Morgen müssen wir zurück in die Stadt!

Die letzte Nacht verging viel zu schnell. Weil ich wie ein Stein schlief. Am nächsten Morgen frühstückten wir ein letztes Mal gemütlich mit Blick über das sonnige Wiesental. Und dann mussten wir auch schon wieder all unser Gepäck in das kleine Auto packen. Weil Renate am Abend Nachtdienst im Krankenhaus hatte.

»Ich wäre so gerne noch auf der Huber-Hütte geblieben«, sagte ich seufzend, als wir wenig später im Auto saßen.

»Na«, antwortete Mama, »ihr beiden wart ja auch die halbe Zeit auf dem Wiesenhof!«

Dann rollten wir bergab. Zwischen den hohen Bäumen hindurch.

Platsch! Ein Spuckiplatscher schoss im Höllentempo

von der Rückbank an die Windschutzscheibe. Direkt zwischen den Mamas durch.

»Was ist denn das?«, rief Mama und drehte sich erschrocken um.

Floh leckte sich die Lefzen.

»Fahre ich zu rasant in die Kurven?«, fragte Renate und bremste ab.

Ich durfte nicht zu Anni gucken. Weil ich sonst losgeprustet hätte. Vor lauter Lachen.

Mama wischte mit einem Taschentuch hektisch an der Scheibe herum.

»Am Aufhebungszauber muss wirklich noch getüftelt werden«, raunte Anni mir ins Ohr.

Im Schneckentempo ging es jetzt weiter. Da vorne tauchte der Wiesenhof auf.

Als wir auf Höhe des großen Gatters waren, brüllte ich plötzlich: »Stopp!«

Renate machte eine Vollbremsung.

Ich riss die Autotür auf und rannte los. Durch das Gatter.

»Lilian!«, rief ich. Und noch mal: »Lilian!«

Mein Freund kam aus der Scheune galoppiert. Und dann umarmten wir uns ganz, ganz fest.

»Bis bald im Zaubergarten«, flüsterte ich.

☼

Nach einer mittellangen Autofahrt setzte Renate Mama, Floh und mich direkt vor unserer Reihenhaustür ab.

»Treffen wir uns in einer Stunde am Schuppen?«, fragte ich Anni.

Ich wollte unbedingt die Überreste von Hexe Luda in den Zaubergarten bringen.

»Auf keinen Fall!«, mischte sich Renate ein. »Anni muss auspacken und duschen, bevor ich zum Nachtdienst gehe.«

Das fand ich ganz schön doof. Aber gut, an der Sache war nichts zu rütteln.

Und weil wenig später Floh von der sehnsüchtigen und humpelnden Tante Ilse abgeholt worden war, stand ich an diesem Nachmittag allein an der großen Mauer am Schuppen. Na ja, Hexe Luda war natürlich auch dabei. Mehr oder weniger.

Es war mühsam, die lange Holzleiter allein bis zur Mauer zu schleifen und aufzustellen. Noch schwieriger war es, das olle Ding nach oben zu ziehen und in den Zaubergarten gleiten zu lassen. Ohne selbst hinterherzuplumpsen. Aber endlich hopste ich mit hüpfendem Rucksack durch den dichten Dschungel und am Gewächshaus vorbei.

»Liebster Kalli, hast du uns sehr vermisst?«, fragte ich kurz den Riesenhasen. Aber weil er nicht in Plauderlaune war, sondern wie immer lieber weiter den grünen Klee knabbern wollte, bog ich ins Tannenwäldchen ein. Schon tauchte das Hexenhaus vor mir auf.

Herr Bovist saß mit Rupert auf seinem Lieblingsplatz vor der grünen Haustür und streckte sein runzeliges Gesicht in die Sonne.

»Da bin ich wieder!«, sagte ich und setzte mich zu ihm auf die oberste Treppenstufe.

»Da freue ich mich aber außerordentlich«, antwortete mein alter Freund und blinzelte in die Sonne.

Leider musste ich ihm dann Hexe Ludas Überreste zeigen.

»Ich habe mich wirklich sehr, sehr gut um die Unsichtbarkeitsblume gekümmert«, beteuerte ich und erzählte

ihm die ganze lange Geschichte über Ludas Werdegang. Herr Bovist hörte mir mit geschlossenen Augen zu.

»Sie hatte es gut bei mir«, schloss ich meine Erzählung ab. »Wirklich! Nur am Ende wurde sie leider durch einen schweren Unfall aus dem Leben gerissen!« Den Satz hatte Oma bei einer verstorbenen Nachbarin gesagt. Und ich finde, er passte hier perfekt.

Jetzt war Herr Bovist informiert. Vorsichtig guckte ich ihn an. War er sauer? Oder enttäuscht? Weil ich das mit der Unsichtbarkeitsblume nicht hinbekommen hatte, obwohl ich geprüftes Kreismitglied bin?

Herr Bovist nickte bedächtig und antwortete dann: »Ludas ungewöhnliches Aussehen und ihre mangelnde Zauberkraft hatten nichts mit deiner Pflege zu tun«, sagte er. »Jede Zauberblume ist einzigartig und speziell. Genau wie wir Menschen.«

Oh, wie war ich da erleichtert: Ich war also doch eine Topblumenzüchterin!

»Und jedes Tier ist auch speziell«, fiel mir ein. »Und einzigartig. Denk nur mal an den sturen Floh!«

Herr Bovist lachte. »So ist es, so ist es!«, sagte er. »Wir werden die Samen deiner Hexe Luda ernten und schauen, welche neuartigen Unsichtbarkeitsblumen sie uns schenkt!«

Die Idee fand ich prima.

»Da ist noch etwas«, sagte ich. »Wir haben bei unserem Wiesentalabenteuer fast alle Gutzis im Notfallbeutel aufgebraucht. Nur vom Flugzauber habe ich noch zwei Bonbons mit der Essenz.«

»Da ist es doch gut, dass die Sommerferien noch andauern«, meinte Herr Bovist. »Da könnt ihr wunderbar Zauberblumen züchten. Und Essenzen herstellen. Übung macht schließlich den Meister!«

»Genau!« rief ich. »Und deine Pilze willst du uns ja auch noch zeigen. Die Boviste!«

»Selbstverständlich, selbstverständlich«, antwortete Herr Bovist.

Ich fügte hinzu: »Dann muss Lilian in den Zaubergarten kommen. Damit das Zauberblumenkleeblatt komplett ist!«

Herr Bovist nickte. »Auf jeden Fall!«, sagte er.

Und da wuselten eine Million Glückskäfer durch meinen gesamten Ferienkörper. Vor lauter Freude. Und Aufregung. Weil da bestimmt schon das nächste Abenteuer auf mich und meine Freunde wartet. Und falls es so ist, erzähle ich es euch natürlich sofort. *Versprochen!*

Leseprobe

Nelly Möhle

Der Zaubergarten

Ferien bringen Glück

Ab Sommer 2022

in deiner Buchhandlung!

Ein ekliges Piepen klingelte in meinen Ohren. Und es half auch nichts, dass ich mir die Decke über den Kopf zog.

Und dann hörte ich Lenis schrille Stimme: »Stell endlich das doofe Ding ab. Es sind Ferien. Ich will ausschlafen!«

Benommen lugte ich unter der Decke hervor. Meine zerzauste Schwester schlug gerade mit der Faust auf den pinken Pferdewecker. Sie ist schon vierzehn und hat oft miese Laune. Mama sagt, sie ist ein Pubertier. Jedenfalls stampfte Leni dann mit wütenden Schritten zurück in ihr Zimmer, das genau neben meinem liegt.

Gähnend schlüpfte ich in die Klamotten vom Vortag und schlich die Treppe nach unten. In der Küche stieß ich auf Papa, der im Anzug am Frühstückstisch saß.

»Was machst du denn schon so putzmunter hier unten?«, fragte er mit großen Augen. »In den Ferien?«

»Anni und ich wollen die letzte Ferienwoche *so richtig* nutzen«, erklärte ich, während ich mir eins von Papas

Marmeladenbroten stibitzte. »Wir spielen von morgens bis abends in Omas und Opas Garten. Und wollen nicht gestört werden. Das kannst du auch gerne Mama ausrichten!«

»Aha!«, machte Papa.

Schon war ich weg.

Auf Anni stieß ich am Schuppen. Gähnend saß sie zwischen den Stöckchen des abgesteckten Teichs.

»Mama hat heute Frühdienst und ist froh, dass wir beide hier beschäftigt sind«, erzählte sie, als wir über die Mauer kletterten und in den Dschungel eintauchten.

»Das wird ein herrlicher Tag«, sagte ich. »Ich spüre es total!«

Der Wünschelraum mit Herrn Bovists wertvollen Pilzen liegt genau am anderen Ende des Zaubergartens. Deshalb biegt man auf der Gewächshauslichtung nicht in Richtung Hexenhaus ab, sondern umrundet das Glashaus und taucht dahinter sofort wieder in den Dschungel ein. Und nach einem kurzen Fußmarsch durch dichtes Grün steht man urplötzlich am schönsten Teich, den man sich vorstellen kann.

An diesem Morgen stießen wir am kieselbedeckten Ufer direkt auf Herrn Bovist und Lilian. Über ihren Köpfen schwirrte und surrte eine riesige und grünschillernde Libelle wie ein Hubschrauber.

»Was für eine Pracht!«, sagte Herr Bovist und zeigte auf die hübschen Seerosen, die auf dem eiförmigen Teich dümpelten wie kleine Boote.

»Wo ist Rupert?«, fragte ich und guckte mich suchend um.

Herr Bovist seufzte. »Es geht ihm leider nicht so gut«, sagte er. »Er wollte heute Morgen auf seinem Kissen liegen bleiben. Das kenne ich überhaupt nicht von ihm!« Er warf einen Blick auf seine Uhr. »Deshalb lasst uns nun beginnen! Ich möchte schnellstmöglich wieder nach dem Hund schauen!«

»Der Arme!«, sagte ich, und die Sonne schien irgendwie nicht mehr ganz so hell.

Unser Zauberblumenmeister umrundete mit großen Schritten das Schilf, und wir Lehrlinge folgten ihm im Gänsemarsch. Schon standen wir alle an der riesigen Mauer aus roten Natursteinen. Ich musste ganz genau gucken, um die Holztür des Wünschelraums zu entdecken. Denn sie liegt gut versteckt hinter einem langen Vorhang aus Efeuranken. Den schob Herr Bovist nun zur Seite, und eine alte Tür kam zum Vorschein. Mit einem langen, pechschwarzen Schlüssel schloss er sie auf und drückte die rostige Türklinke. »Ich werde die nächsten Tage nicht abschließen«, sagte er. »Damit ihr euch um die Boviste kümmern könnt.«

Knarzend und ächzend öffnete sich die Tür, und ein Schwall muffigen Erdgeruchs waberte in meine Nase. Hinter der Türöffnung war es dunkel. Und kalt.

»Puh«, machte Anni und schlenkerte mit den Armen. »Ganz schön frisch hier.«

»Deshalb trägt Herr Bovist immer seinen langen Mantel«, raunte ich ihr zu. »Auch bei Sonnenschein und Hitze.«

Langsam gewöhnten sich meine Augen an die Dunkelheit. Durch die geöffnete Tür und zwei schmale schießschartenförmige Öffnungen in der Mauer kam etwas Tageslicht in den langen schmalen Raum.

»So!«, sagte Herr Bovist. »Alle Zauberblumenzüchter versammeln sich bitte an diesem Hochbeet.«

Dann ertönte ein zischendes Geräusch, und ein funzeliges Licht erhellte sacht unsere Gesichter.

»Die Boviste mögen kein Licht«, erklärte unser Lehrer. »Deshalb benutze ich hier ausschließlich den gedämpften Schein dieser Campinglampe.«

Wir Kinder beugten uns gespannt über die Kiste. Und erblickten ein paar gurkenförmige Gewächse in dunklem Braun.

»Aha!«, machte Lilian, und seine Stimme klang etwas enttäuscht. »Wie megawichtige Zauberpilze sehen diese knittrigen Knollen ja nicht gerade aus!«

»Neee!«, sagte auch Anni. »Eher wie Wolfsfürze!«

Ich musste kichern. Weil der Name schon so eklig klingt. Aber Bovistpilze kann man tatsächlich auch Wolfsfürze nennen, das hatten Anni und ich in Papas Pilzbuch nachgeschlagen.

Herr Bovist sagte mit feierlicher und sehr, sehr ernster Stimme: »Vor euch seht ihr die wichtigste und wertvollste Zutat für das Erfinden neuer Zauber! Nur geprüfte Zauberblumenzüchter werden in die Bovistzucht eingeführt. Und nur wenige beherrschen die Verarbeitung der Wünschelpilze, so dass man sie auch wirklich für neue Züchtungen verwenden kann. Der Umgang mit den empfindlichen Bovisten ist eine hohe Kunst und der letzte Schritt eurer Ausbildung!«

Lilian bemerkte: »Und der wichtigste Schritt hin zum Tierverstehzauber!«

Herr Bovist antwortete: »Langsam, langsam, junger Mann! Eins nach dem anderen!«

Er hob seine Lampe und leuchtete uns nacheinander an. Tief bohrten sich seine Augen in meine hinein, als ich an der Reihe war. »Die Wünschelpilze kommen erst dann zum Einsatz, wenn alle Schritte der Aufzucht durchlaufen sind! Und selbstverständlich unter strengster Geheimhaltung! Das ist euch hoffentlich klar!«

Wir drei Lehrlinge nickten stumm mit den Köpfen.

»Klar wie Klößchenbrühe!«, sagte Anni schließlich. Dann zeigte sie auf die schrumpfligen Pilze. »Kann man die essen?«

»O ja«, antwortete Herr Bovist. »Sie schmecken ganz vorzüglich. Die, die ich nicht für die Zauberblumenzucht benötige, verspeise ich regelmäßig mit einem guten Sößchen. Vorzüglich, vorzüglich!«

Ich wurde etwas ungeduldig. Mir schmecken keine Pilze.

»Sind die Boviste hier schon bereit für die Zauberblumenzucht?«, fragte ich, um das Thema in die richtige Richtung zu lenken.

»Aber auf keinen Fall«, antwortete Herr Bovist. »Diese Pilze sind schon zu alt.« Er drückte mit der freien Hand auf eine der Knollen. Eine Rauchwolke puffte aus dem Pilz.

»Iiih!«, machte Anni.

Aber dann durften wir alle großen Pilze in diesem

Hochbeet drücken und puffen lassen. Richtig lustig war das. Bis auf den Gestank, der war etwas eklig.

»Ihr setzt gerade die Sporen der Pilze frei«, erklärte unser Freund weiter. »Sie senken sich auf die Erde ab, und es wachsen neue Boviste heran.«

Lilian fragte: »Dann müssen wir jetzt so lange warten, bis neue Pilze gewachsen sind?« Er guckte entsetzt.

Statt zu antworten, führte Herr Bovist uns zum nächsten Hochbeet. Darin standen große, mittlere und kleine Boviste wild durcheinander. Selbst im schwachen Schein der Campinglampe konnte man sofort sehen, dass diese Pilze hier sehr viel jünger waren: Ihre schuppige Oberfläche leuchtete in Weiß und hellem Beige.

»Eure heutige Aufgabe ist es, die kleinsten Boviste zu entnehmen und in das leere Hochbeet dort drüben vor der Tür zu pflanzen.«

Er hob die Lampe über seinen Kopf. Der Rest des Raumes tauchte aus der Dunkelheit auf. Und ein weiteres Hochbeet. Und ganz hinten, am anderen Ende des schmalen Gewölbes, gab es eine weitere Tür.

»Wohin geht diese Tür?«, fragte Anni sofort.

»Nirgendwohin!«, antwortete Herr Bovist etwas barsch. »Diese Tür wird allein von mir und nur in absolutem Notfall geöffnet. Habt ihr mich verstanden?«

Wir nickten im Dämmerlicht.

»Aber kannst du uns nicht verraten, wo sie hinführt?«, fragte Lilian.

Herr Bovist seufzte. »Ihr sollt diese Tür vergessen. Sie existiert nicht. Und jetzt macht euch an die Arbeit.«

Ich finde ja, dass man verbotene Sachen überhaupt nicht mehr aus seinem Kopf bekommt. Da denkt man dann eher richtig doll dran.

Anni ging es wohl genauso. Leise raunte sie mir ins Ohr: »Vielleicht ist hinter der Tür eine Schatzkammer!«

Ich nickte begeistert. »Eine Schatzkammer mit ganz vielen Goldtalern und Edelsteinen«, flüsterte ich zurück. »Wie im Märchen!«

Aber dann hatten wir so viel zu tun, dass ich diese Notfalltür erst einmal nach ganz hinten in meinen Kopf schob. Denn unser Lehrmeister zeigte uns, wie man die Boviste vorsichtig aus der Erde löst. Und wie man sie dann zurück in die frische Erde setzt.

»Vorsicht und Umsicht sind geboten«, ermahnte uns unser Lehrer. »Es ist eine wertvolle Fracht, die ihr da transportiert.« Wieder schaute er auf seine Uhr. »Ich gehe jetzt zurück zum Haus und sehe nach Rupert«, teilte er uns mit. »Vielleicht hat er eine Magenverstimmung. Ich sollte ihm ein Haferschleimsüppchen kochen!«

»Grüße an Rupert!«, rief ich Herrn Bovist hinterher, als er durch die Wünschelraumtür verschwand.

Das Zauberblumenkleeblatt schuftete dann im Akkord: Pilz für Pilz wanderte von Hochbeet zu Hochbeet. Ewig lang. Danach schleppten wir zwei volle und schwappende Gießkannen Wasser vom Teich in den Wünschelraum und träufelten das kühle Nass direkt an die Wurzeln der Knollenpilze.

»Fertig!«, sagte Anni schließlich und ließ die Campinglampe zum Abschluss über das Beet schwenken. In Reih und Glied standen die Pilze. Wie Schulkinder, die sich auf dem Pausenhof in langen Reihen aufstellen.

»Das schreit nach einer Belohnung«, stellte ich fest und kramte in der Hosentasche meiner kurzen Shorts. »Tadaaa!«, machte ich.

Anni kiekste begeistert. Denn auf meiner Handfläche schimmerten im matten Lampenschein drei wunderschöne und kugelrunde Melonenkaugummis.

»Für die besten Züchter, die die Welt je gesehen hat«, verkündete ich feierlich.

Lilian und Anni schnappten sich ihre Leckereien und kauten augenblicklich los. Und noch bevor ich mein Kaugummi in den Mund stecken konnte, legte Anni wieder ihre Arme um Lilian und mich und zog uns mit einem

Ruck zu sich heran. »Tilda, Anni, Lilian – auf jeden von uns kommt es an!«

»Mein Melonenkaugummi!«, rief ich und riss die Campinglampe in die Höhe. Ich sah gerade noch, wie mein kugelrundes Kaugummi unter dem breiten Spalt der Notfalltür hindurchrollte.

Erscheint bei FISCHER KJB

Hedderichstraße 114, D-60596 Frankfurt am Main
Dieses Werk wurde vermittelt durch die
Michael Meller Literary Agency GmbH, München
ISBN 978-3-7373-4265-0

Alle Bücher von Nelly Möhle

Habe ich		*Wünsche ich mir*
	›Der Zaubergarten – Geheimnisse sind blau‹ (Band 1)	
	›Der Zaubergarten – Abenteuer können fliegen‹ (Band 2)	
	›Der Zaubergarten – Überraschungen haben Fell‹ (Band 3)	
	›Der Zaubergarten – Freundschaft macht lustig‹ (Band 4)	
	›Der Zaubergarten – Wunder blühen bunt‹ (Band 5)	
	›Der Zaubergarten – Ferien bringen Glück‹ (Band 6 – erscheint im Sommer 2022)	

Deine Wunschliste bitte hier ausschneiden.

Das gesamte Programm gibt es unter
www.fischerverlage.de